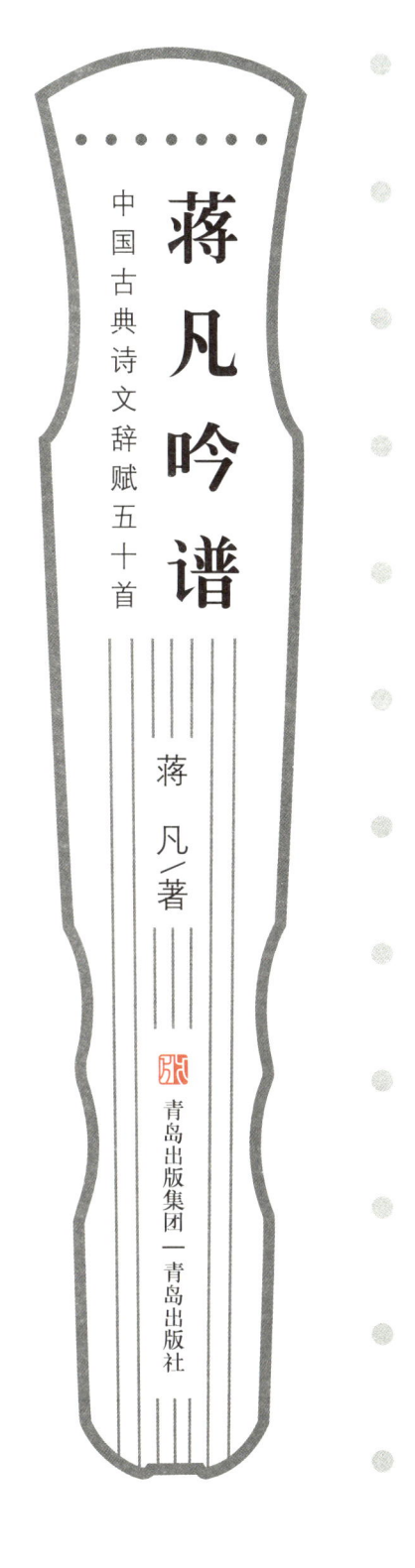

蒋凡吟谱

中国古典诗文辞赋五十首

蒋 凡/著

青岛出版集团 | 青岛出版社

图书在版编目（CIP）数据

蒋凡吟谱：中国古典诗文辞赋五十首 / 蒋凡著. —青岛：青岛出版社，2022.1

ISBN 978-7-5552-3047-2

Ⅰ.①蒋… Ⅱ.①蒋… Ⅲ.①古典诗歌－作品集－中国 Ⅳ.①I222

中国版本图书馆CIP数据核字（2021）第199519号

JIANG FAN YINPU——ZHONGGUO GUDIAN SHIWENCIFU WUSHI SHOU

书　　名	蒋凡吟谱——中国古典诗文辞赋五十首
著　　者	蒋　凡
出版发行	青岛出版社
社　　址	青岛市崂山区海尔路182号（266061）
本社网址	http：//www.qdpub.com
邮购电话	0532-68068091
责任编辑	吴清波　梁　娜
特约编辑	李　丹　李康康
装帧设计	李开洋
平面制作	青岛齐合传媒有限公司
印　　刷	青岛乐喜力科技发展有限公司
出版日期	2022年1月第1版　2022年1月第1次印刷
开　　本	16开（787mm×1092mm）
印　　张	12.25
字　　数	300千
印　　数	1-5000
书　　号	ISBN 978-7-5552-3047-2
定　　价	56.00元

编校印装质量、盗版监督服务电话 4006532017 0532-68068050

蒋 凡
Jiang Fan

1939年3月26日出生，福建泉州人。毕业于复旦大学研究生院。复旦大学中文系教授，中国古典文学与古代文论专业博士生导师。兼任中国古代文学理论学会顾问、《中国古代文论研究》丛刊编委、《文心雕龙研究》学刊编委。上海作家协会委员。

师承郭绍虞、朱东润诸先辈，治学提倡严谨而活泼的学风，强调在夯实国学知识的基础上，要保持活跃的理论思维，不断开拓学术视野，进行新的探索。

编、著、注的作品有《先秦两汉文学批评史》《宋金元文学批评史》《中国历代文论选新编》《〈左传〉春秋五霸传叙》《中国文化经典要义全书·周易要义》《周易演说》《全评新注世说新语》《世说新语英雄谱》《〈世说新语〉研究》《文章并峙壮乾坤——韩愈柳宗元研究》《〈三管诗话〉校注》《唐宋文精华》《韩愈散文精选》《新选新注唐宋八大家书系：王安石卷》《叶燮和原诗》《古代十大散文流派》《十大名相》《中国古代文论教程》等。另有论文及文章约200篇。其中，《先秦两汉文学批评史》和《宋金元文学批评史》曾荣获1998年国家社科著作一等奖、上海哲学社会科学著作特等奖。在教学方面，曾荣获1997年国家教委颁发的国家级优秀教学成果奖一等奖。20世纪90年代，曾先后赴日本、新加坡、奥地利等国家的大学讲学或访问，并赴中国香港和台湾多所大学访问交流，有一定的学术交流经验和影响力。

前　言

《蒋凡吟谱——中国古典诗文辞赋五十首》（简称《吟谱》）得以问世，实非易事，其中甘辛，一时难以言说。虽然《吟谱》的字数并不多，却是我呕心沥血而成的特殊之作。说它特殊，主要体现在以下几个方面：

第一，它诞生于新冠肺炎病毒肆虐全球的特殊时期，人们举步维艰，遑论其他。据相关媒体报道，此病毒颇为狡诈，触角灵敏，变异很快，令人防不胜防，特别是对老年人的威胁更大。我早已步入耄耋之年，为谨慎计，平日大门不出，二门不迈，闭关自守，自是"大鬼小鬼莫进来"，家中安坐，安全或有保障。但人又是社会中的人，总不能什么都不作为而虚度余生。如遇不测，积一生之心血的《吟谱》或致散佚，胎死腹中，则将遗憾终身而悔之莫及了，因此必须自我抢救。为此，我决计冒险一搏。在暑气熏蒸的环境中，我携带胡琴、箫笛等乐器，勇敢地跨出家中的安全之门，投入面蒙口罩的人流，并在知友良朋的大力帮助下，自费加紧编写、录音，甚或配乐制作。2020年暑期在上海的一个多月是如此，11月份在青岛的一个多月也是如此，这就必须克服年迈之翁的惰性，战胜体力不支的困难。如此这般，一晃就是几个月过去。虽然侥幸脱险，但属无奈之举，而非逞强争胜，更非有意炫耀。试想，一个年迈之翁，声息孱弱，歌吟喑哑，缺乏共鸣之音，加之音色不佳，又何来响遏行云的绕梁之韵呢？人贵有自知之明，但我不能因此而却步，只能顶风而上。此情此景，我只想把自己长年所受的教育以及自己在长期吟诵、吟唱的艺术实践中所积累的经验教训、所得所悟制成《吟谱》，与世共飨，以作参考。因制作匆匆，疏忽错失在所难免。其是非成败，只能任人评说，所谓功名利禄，于老汉如云烟，转眼即逝，又何必挂怀呢？耿耿之心，如此而已。

　　第二，《吟谱》包括音频及文字两个部分。称之为书，可以；称之为音频，可以；甚或称之为非驴非马的"四不像"，亦无不可。既以实用而便于教学、传唱为目的，则称谓并不重要。文字部分重在对古代诗文吟诵、吟唱传统的理论阐述，从学理上说明传统吟唱是什么、为什么要这样唱、今后又将如何继承并发扬光大，以求从思想根源上化盲目为自觉，变被动为主动。孔夫子说："知之者不如好之者，好之者不如乐之者。"（《论语·雍也》）若人们以吟诵、吟唱古代诗文为心中之乐，那还有什么困难不能克服呢？在书中，我重点论述了文学与音乐如何通过共同的"艺术想象"来建立血肉一般的密切关系。特别是以吟唱古代诗词为代表的"艺术歌曲",除音乐曲调外,其诗律也自有其内在的音乐性。所谓平平仄仄,押韵转韵,章法铺排,骈语对仗,其变化巧妙,大有文章。吟唱诗词,不仅要熟谙曲调旋律,还要通于诗歌声律,再将两者合一,便可自成天籁。我曾一再强调,在文学与音乐的关系上,文学的情感、意境是艺术的灵魂,而声律、音律则是艺术的血脉,如果缺乏血脉偾张的驱使涌动,诗词"艺术歌曲"的文学灵魂又岂能具有鲜亮的生命活力?以中国诗歌黄金时代的唐诗为例,唐诗之所以永葆其青春而独具感人的力量,除了诗人们的生花妙笔之外,也借助了音乐传媒的力量。今天我们还能听到的唐音,曾经保存在大漠敦煌莫高窟中的《敦煌曲子词》中。读任中敏先生的《敦煌曲研究》《唐声诗》,上海音乐学院(简称"上音")叶栋教授的《唐乐古谱译读》以及上音教授杨赛的《中华古谱诗词》,自可明白唐诗音乐传唱的重要性。唐诗从繁华的中原文化圈,辗转传到茫茫大漠的边陲角落,活在边疆普通百姓和守边将士的心坎里,凭的是什么魔力?我想,很大程度上依靠的是文人雅士的诗酒酬唱,以及教坊乐工舞女的旗亭传唱。这是古代"室内乐"的一种特殊的抒情歌唱。当时若无音乐作为媒介,那么我们今天则很难听到曾经辉煌的唐音了。诗词文学由形、音、义三者构成。形,指眼睛所见的视觉形象美;音,指耳朵所听的声音韵律美;再由形、音之美,进一步揭示情感、意境之美。形、音、义三者相辅相成,缺一则如《易经》所称"鼎折足,覆公餗"(《鼎卦》九四爻辞),功亏一篑,前功尽弃。在某次唐诗之路学术研讨会上,我曾提议大家传唱唐诗,把它唱美、唱活,让唐诗真正鲜活亮丽起来,引发人们的情感共鸣,传之千秋万代。唐诗如此,宋词、元曲亦如此,就是古文辞赋,又何独不然呢?只要人们肯用心学习钻研,古代诗文的吟诵、吟唱就可以在现实生活中真正活跃起来。人们一般认为诗词吟唱可模仿学习,但古文辞赋或骈文的吟唱则有困难。其实只要用心去学,又何难之有呢?比如,程曦先生吟唱庾信的骈文《哀江南赋序》(相关曲谱见本书第156页),借助京韵鼓书的曲调,边说、边吟、边唱,声调激越,跌宕起伏,慷慨悲怆,声声催人泪下。又如,唐文治和赵元任两位大师的古文吟诵、吟唱,具备大家风范,值得学习借鉴。吾师朱东润、陈祥耀先生都是唐文治先生的高足,他们在民国年间,都曾听过唐先生在课堂上吟诵骈散兼行的文章,如欧阳修的《秋声赋》(相关内容见本书第110页),声调时高时低,抑扬顿挫,亢坠有节,一片宫商,悦耳动听,令人如痴如醉,血脉偾张,久难忘怀。

这比只用眼睛阅读的效果要好得多。聆听大师的吟诵、吟唱，方知吟诵传统的音乐之美感人如斯，令人回味不尽。

　　第三，《吟谱》之作涉及文学与音乐，是典型的跨领域的交叉学科。吟唱诗文的人，如能文学与音乐兼擅，则效果尤佳。近代戏曲理论家和教育家、诗词曲作家吴梅，现代著名学者、语言学家、音乐家赵元任，以及作曲家、音乐教育家黄自等先生，都是跨界行走自如的杰出代表。吴梅立足文学，兼顾音乐，按笛寻声打谱，在诗词吟唱及戏曲演唱方面启示颇多。赵元任不仅熟悉文学，而且对诗词语言艺术的声律有较深的研究，是其当行本领；同时，他又是音乐家，精于作曲和打谱。20世纪70年代，他回国访问时，参与接待的不仅有王力等语言学界的大家，还有许多音乐界的前辈人物。在民国初期，他曾为知友刘半农新诗《教我如何不想她》谱曲，该曲风靡至今。他所吟唱的古诗文名篇，其成果已录制在《赵元任 程曦吟诵遗音录》（商务印书馆，2009年）中。赵元任另有《新诗歌集》（商务印书馆，1928年）可资参考。黄自则立足音乐，主动借鉴文学，把唐代白居易的《长恨歌》改编为我国第一部清唱诗剧。此诗剧原计划要创作十个乐章，但天不假年，他只完成了主要的七个乐章，惜哉！这一清唱诗剧讲述了唐代安史之乱，但又针对社会现实生活，影射了抗日战争中的部分当权者,前方吃紧,后方紧吃,灯红酒绿,醉生梦死,其腐败行为加剧了国家、民族的危亡。清唱诗剧歌吟哀恸,声声啼血,忠义悲愤,气薄云天。前贤在吟诵、吟唱方面,多有创造和开拓,并对后来人的继承和发展寄予厚望。但遗憾的是,在新中国成立后的一段较长的时间里,专业分工烦琐细碎,各学科相对独立且各行其道。以大学文学院为例,研究语言学的与文学专业隔开,似乎互不相关一般;文学专业则又分古代文学与现代文学,各读各书,而非贯通古今;研究诗词文学者,无须懂音乐;有的音乐家,则于文学所知不多,只要音色动人即可,此可谓相望不相闻,彼此老死而少有往来。这不合乎情理和客观的艺术规律。演唱古代诗词,必须兼顾文学、音乐,让两者融会贯通,合而为一,方能声情并茂而打动听众。当然,这是很高的艺术要求,就我个人而言,可望而不可即。我对于文学诗词,只能说是略知一二而已;对于音乐,虽然心向往之,却连三脚猫的功夫都欠缺,认真说来,实为"音盲"。以此陋质强作歌吟而成《吟谱》,其不自量,或将贻笑大方。不过退一步想,我不为此,谁来为之?因此,我鼓起勇气作《吟谱》,如屈原《离骚》所说:"路曼曼其修远兮,吾将上下而求索。"不索不求,岂能达成目标?即使求索不成,也有经验教训可以借鉴。以此之故,我大胆将《吟谱》芹献于世。

第四，歌唱古代诗词是属于较高层次的音乐艺术。与西方18世纪以后如舒伯特、舒曼等名人谱曲有所不同，中国古代诗词的吟诵、吟唱，必须顾及诗词语言艺术固有的音乐律动，因此是一种独立于世界艺林的特殊歌曲艺术。演唱古代诗词，不是完全放纵音乐旋律曲调的发展，而是必须兼顾作品的文学内质，即情感、意境及诗词格律。演唱唐诗宋词时，必须兼顾其声韵、字句、对仗、章法、铺叙等，形成一种特有的声韵之美。这种歌曲艺术是中国独有、西方所没有的。中国古代的骚人墨客、文人雅士，边弹奏、边演唱的古琴曲，有许多见载于各种琴谱中，如《九宫大成南北词宫谱》《魏氏乐谱》《碎金词谱》等。这种弹唱是独具中华民族传统的音乐艺术的类型。古人的书写习惯与今人不同，是由右向左、由上而下的书写体式。古代诗词琴谱，一般是诗词正文部分，当中竖行书写；文字左边标写诗词声律谱，如平仄四声，阴阳清浊，或发音部位的唇齿喉舌、开齐合撮等；文字右边则依字填声而行腔，标写吟唱曲谱。古代记谱有很多不同的方法，但通行的多是工尺谱，如《魏氏乐谱》《碎金词谱》皆用此法。因此，歌者吟唱时，一般不会只顾工尺谱而不顾平仄声律谱。工尺行腔，也多是参照左边的声律来填写的。左、右两边的声律、音律相互关照而兼顾双行，从而成为融为一体的新音乐，这在世界歌曲艺术中是独一无二的。

第五，古代诗文的吟诵、吟唱，我把它分为三个阶段，或称三个层次：一是吟诵，二是吟唱，三是歌唱。其内在的音乐成分层层递进，悦耳动人的艺术力量也随之逐步提高。

吟诵是普及性的阶段，古代士人，包括书塾、书院的莘莘学子皆会吟诵。说是"诵"，实际是"徒歌"，即没有伴奏的"歌"，再在"诵"前加定语"吟"，而成"吟诵"，实为"歌吟之诵"。即使是朗读诗文，最好也像话剧演员或戏曲演员的舞台道白那样，朗读中自有"吟"的音乐性，有节律、有强调、有弱化，产生了随情绪变化而轻重缓急的力度变化。诵中之吟的乐音，又视吟诵者的具体修养和艺术素质而增减生色。

吟诵时，吟诵者也应适当关照诗词格律。古代诗词的平仄抑扬，本身就具有内在的音乐性，平声仄声，效果犁然有别。一般说来，平声柔和清圆、亮丽流畅，仄声则多亢直短急、激昂慷慨。古人以此总结唐宋中古音的四声规律："平声平道莫低昂，上声高呼猛烈强，去声分明哀远道（一作'直送远'），入声短促急收藏（也作'急收场'）"。这与今天普通话的阴、阳、上、去四声不同，中古音平、上、去、入四声中的入声在元代《中原音韵》流播开以后，因一些客观因素的影响，已经消失在平、上、去三声中，此为古人所称的"入派三声"。唐宋诗人写诗填词时，也相当注意发挥入声字的艺术效用。而今天的我们要分辨中古音入声字，甚至在填词谱曲中用上入声字是有实际的困难的。但这种困难在吟诵、吟唱时又必须加以克服，因此我们可以查阅各类韵书，如《佩文韵府》《诗韵合璧》等。另外，中古音的许多入声字，今天仍然保存在许多方言中，如吴语、粤语、闽南话等。我曾听广东人用粤语吟诵李清照《声声慢》中的"寻寻觅觅，冷冷清清，凄凄惨惨戚戚"，连用十四个叠字，其中"觅觅"和"戚戚"皆为入声韵，粤语读来倍增凄凉之感。通过参考各类韵书，再在吟诵中适当保存入声字的方言、方音，入声字的问题则可迎刃而解。

至于具体吟诵之法，各地有不同的调儿，可相互学习，参照取舍。近人赵元任和刘坡公的意见亦可供参考。

赵元任在《新诗歌集》序《吟跟唱》中说："所谓吟诗吟文，就是俗话所谓叹诗叹文章，就是拉起嗓子来把字句都唱出来，而不用说话时或读单字时的语调。这种吟法，若是单取一两句来听，就跟唱歌完全一样……可是听了许多诗之后，就晓得了。无论是'满插瓶花'，或是'折戟沉沙',或是'少小离家',或是'月落乌啼',只要是'仄仄平平仄仄平',就总是那么吟法;就是音高略有上下,总是大同小异,在音乐上看起来,可以算是同一个调儿的各种花样。所以吟跟唱的不同,不是本身上的不同,是用法的不同……在中国吟调儿用法的情形,大略是这样:吟律诗是一派,吟词又是一派……吟律诗的调儿跟吟词的调儿相近而吟文的调儿往往与吟古诗的调儿相近;论起地方来,吟律诗吟词的调儿从一省到一省,变得比较的不多,而吟古诗吟文的调儿差不多一城有一城的调儿……"赵先生所称"吟调儿",实际就是诗文吟诵,这在中国大部分地区并无固定的调子,而是各地根据方言、民间曲调的不同,自有不同的调儿。在吟诵、吟唱时要根据实际语境加以灵活运用。

刘坡公《讲求诵读法》说:"是故讲求之法,不在仅知诗之大义,尤宜于合读、分读、急读、缓读诸法,悉心体会。所谓合读、急读者,并非不分句读,一气读完之谓。盖当诵读之时,于诗之理解及意境,既已心领神会,则声未至而神已往,自有欲罢不能之概;所谓分读、缓读者,并非隔绝上下,不顾全局之谓,不过于诗之凝练处,略作停顿,曼声以出之是也。"(《学诗百法》,上海古籍书店,1982年)书中所称"合读、分读、急读、缓读诸法"是经验之谈,不仅适合于长篇古诗歌行，而且可用于古文与骈文。以唐文治先生之吟诵为例，据唐先生的学生朱东润回忆，在民国初年的上海南洋公学（后改名"上海交通大学"）时期，"唐老师还有一招绝招。每星期日上午，他在大礼堂召集部分学生讲授古代散文。听讲的学生是由老师自己挑选的，从专科部到中学部，每班两名。老师讲授的是韩愈《张中丞传后叙》，欧阳修《五代史职方考序》《泷冈阡表》《秋声赋》之类。老师的讲法很别致，他从来没有给我们解释字句，也从来没有说这篇文章好在哪里，为什么要读。他只是慷慨激昂地或是低回婉转地读几遍。然后领着我们共同朗诵……有时他会搬过一张凳子，坐在你身边，说道：'老弟，我们一道读啊。'虽然带着太仓腔（按：唐先生为江苏太仓人），但是在抑扬顿挫之中，你会听到句号、分号、逗号、顿号，连带惊叹号、疑问号……倘使我们不能诵读，那么这些符号的意义是会丧失的"（《朱东润自传》，华中科技大学出版社，2019年）。陈祥耀更是称引其师唐文治的《读文法笺注》序说："夫读文岂有他道哉？因乎人心以合乎天籁，因乎性情以达乎声音，因乎声之激烈也，而矫其气质之刚，因乎声之怠缓也，而矫其气质之柔。由是品行文章，交修并进。始条理者所以成智，终条理者所以成圣，即以为淑人心、端风俗之具可矣。"（《喆盦文存》中卷《喆盦文存补编》，福建教育出版社，2002年）吟诵之声，通乎大道，可以"淑人心、端风俗"，成贤成圣，发扬中华民族的优良传统，岂可忽哉！

　　吟唱阶段又进一层次，其音乐性较吟诵增强了一些。吟唱时，吟唱者大多根据各地民间曲调稍加变通而已。吟唱曲调成为文人雅士钟爱的曲调之一，或激越高亢，或低回曼吟。一般而言，吟唱时的音域高低，大多在一个八度音程之内。曲调易学易唱，只要根据诗歌律绝平起、仄起的格律稍加变通，歌唱成调，抑扬顿挫，自然悦耳动听。另外还有一个好处，因为地方曲调在民间通行而人皆稔熟，所以可以一调多唱，用以吟唱多位诗家的作品。关于这一点，赵元任的《新诗歌集》已有透彻的说法。比如，《吟谱》中杜牧的七绝《赤壁》（相关曲谱见本书第102页），移唱杜牧的《清明》，只要注意平起、仄起的不同而稍加变化，就没有什么困难。又如，吟唱杜甫的五言古诗《赠卫八处士》（相关曲谱见本书第90页），移唱李白的五言古诗《月下独酌》也合适。再如，吟唱白居易的七言长诗《长恨歌》（相关曲谱见本书第96页），移唱张若虚的七言长诗《春江花月夜》（相关曲谱见本书第72页），只要对诗中感情、意境表达不同之处稍加注意，而不要胶柱鼓瑟，就可动人歌吟而感人至深。一调多唱，一通百通，何乐而不为呢？当然，吟唱阶段要关注诗词内在格律声色的需要,在音乐旋律与诗词格律互动交融时,如果两者产生矛盾,那么则需要重点关注诗词格律。

歌唱阶段是第三层次。这时的诗词歌唱,是一种特殊的歌曲艺术,其曲调旋律也可以一曲多唱,但更多情况下是量体裁衣,为具体的作品专门谱曲。演唱中,在适当关注诗词格律的同时,也要注意作曲时曲调旋律的发展。若两者产生矛盾,则诗词格律亦可突破框架限制,更多照顾到曲调旋律发展的艺术需求,以达成音乐的审美目标。演唱古典诗词,离不开"字正腔圆"四字,这是一个颇高的艺术要求。上海音乐学院教授杨赛曾跟我说:"歌者根据诗词的声韵、声调、意义,咬字归音,依韵行腔,以情带声,抑扬顿挫,长短错落,就形成了有节奏、有音高、有强弱的听觉艺术。中国诗歌的每一个字、每一个音,都非常细腻、非常精致,能够微妙地传达出声、情、意蕴,充盈着人性的光辉。"妙哉斯言,实属的论。从上所述也可以看出中国诗词的演唱不同于西方艺术歌曲的特殊之处。

第六,《吟谱》不仅有音频部分,而且附有文字曲谱。一旦化声为谱,曲调旋律就有一定的客观性,演唱者依谱而歌,有律可依。但谱是死的,人是活的,歌者如果有艺术悟性,就会根据具体情境及自己的特殊感受来灵活处理。这是诗文吟唱不同于一般歌曲艺术的地方。比如唱宋词，某种词牌，词人依声填词，那么同一词牌曲调可以演唱许多词家的作品。《吟谱》所录苏轼的两首《江城子》（相关曲谱见本书第126页和128页），曲调旋律相似，但具体演唱时风格却大不相同。如果歌者严格依谱而歌，唱成同一曲调，那么就有可能成为艺术败笔。试想，《江城子·乙卯正月二十日夜记梦》乃词人悼念亡妻王弗之作，是撕心裂肺、呼天抢地的呐喊、歌哭，其声哀婉悲凉；《江城子·密州出猎》描述的是词人率士出猎的雄放壮举，"西北望，射天狼"蕴含着杀敌报国的壮志豪情。两者虽属同一词牌而曲调相似，但其感情、意境有异，所以不能唱成同一曲调，这是顺理成章的事。因此，歌者应根据作品的实际内容，通过声气节奏及力量强弱的变化，塑造出不同环境中的不同的声音形象。这才是真正撼人心弦的艺术。又如，《吟谱》所录陆游的两首七言绝句《沈园·其一》（相关曲谱见本书第138页）和《示儿》（相关曲谱见本书第140页），从格律的角度而言，因为都是仄起式的绝句，所以两者的曲调基本一致。但在演唱时，歌者要根据两首绝句所表达的感情和意境的不同，唱出曲调微妙的变化来。《沈园·其一》描述的是诗人回忆昔日与其原配夫人唐氏婚姻的幻灭，哀婉凄凉之音令人泣下沾襟；《示儿》

描述的则是诗人临终前的绝命一呼,教导子孙发扬爱国精神,坚持抗金复国,乃一首悲壮的颂歌,其激昂慷慨之音如进军号角,惊天动地。两首绝句曲调虽相似,却应唱出各异的风味来。再如,《吟谱》所录苏轼同一《水调歌头·明月几时有》(相关曲谱见本书第142、144、146页),附有三首不同作者谱曲的歌调,虽然风格各异,却符合苏词的内在审美本质。民国时期的歌谱哀而不伤,在淡淡的悲凉中唱出了东坡那如水晶般透明纯洁的心灵,旷达中自有深邃的哲思;张清华的昆曲谱,唱出了东坡的凄凉悲伤之音;程曦的唱谱,则借助京韵大鼓一类的曲艺艺术,音声跌宕起伏,具有苍凉悲慨的凄怆之调。三个曲谱的声音形象,都体现了东坡词的某种感情和意境。分而言之,各有巧妙;合而观之,则共同披露了词家的心灵感悟。古人云:"诗无达诂。"歌者要有一定的悟性和灵活性,变而通之,方可打开艺术殿堂之门。

第七,《吟谱》之作虽是长期经验积累的结晶,但仍处于摸索前行的阶段。仅就诗词的平仄律言,前人吟唱自有规律可寻。平平仄仄的变化之中,不仅有音高抑扬,而且有节律长短的变换以及轻重缓急的力度变化。这与音乐曲调旋律相通,是诗词音乐性的重要表现。古人吟唱注重入声字特殊音色的运用。"入声短促急收藏",其音色效果如大钟鸣鼓撞击心胸，音虽急促却能传之久远，具有回肠荡气的动人力量。比如，《吟谱》所录白居易的《长恨歌》，其开篇曰："汉皇重色思倾国，御宇多年求不得。杨家有女初长成，养在深闺人未识。""国""得""识"用入声韵来构成音乐形象，描写了杨玉环未入宫前的情感困境。人们为诗词谱曲时，一般因入声字短急而加上休止符，再加入上、下滑音，或加入倚音加以修饰，使之更符合音乐情境的需要。但是，如果诗词格律与音乐旋律产生矛盾，为了音乐旋律发展的需要，就可以突破诗词格律的局限，为入声字填腔，并非绝对不能有延长音。对于这一点，歌者应凭借悟性而作灵活的应对。演唱诗词，曲调旋律的音乐美很重要，音乐不美，又何来动人的艺术力量？

第八，《吟谱》制作虽是个人署名，但实际上具有集体创作的性质。如果没有知友良朋的大力帮助，《吟谱》只能存于个人胸中。如上海潘志芸、青岛罗旻等音乐家，曾根据我的演唱为部分诗文打谱校订，作出了无私奉献。对此，我永远铭记于心。又如，2020年10月23日，上海音乐学院与复旦大学、上海奉贤区文化和旅游局联合举办了"东方美谷·诗漫贤城"诗歌节。在本次诗歌节上，主持人上海音乐学院杨赛教授和董雪静教授，特地安排了"蒋凡教授古典诗词吟唱学术研讨会"专场活动，让我有机会与来自全国各地的专家学者交流互动。研讨会上，不仅有诗词吟诵、吟唱的表演展示，还有对学理的精深思考，给我诸多启迪。杨、董两位挚友的热心襄助，给我留下了美好的回忆。2020年暑期中，我又在杨赛及陈淼君的帮助下，一头扎进衡山路的录音棚，先后录制了一个多月。这是正式录制《吟谱》前的"演习"。这次"演习"，为后来青岛的正式录制提供了宝贵的经验。杨赛教授尽其心力，是这次"演习"的总指挥，功不可没。紧接着，应学生王春元之邀，我于2020年10月底赶赴青岛正式录制。这时，总负责人是王春元。他与青岛八骏国乐室内乐团、青岛塔岩传媒有限公司及青岛出版集团紧密联系，默契配合，指挥若定，举重若轻，让我在整个11月份投入紧张有序的录制过程。直到11月30日，我在青岛市工人文化宫完成了屈原《九歌·国殇》（相关曲谱见本书第68页）最后一个音符的录制，这才长长地松了一口气。大家欢呼雀跃，拍照留念。每当忆起当时的情景，我都感动不已。我们是在新冠肺炎病毒肆虐的情况下，保留了一些有益的音频资料。我在春元的协调指挥下，与青岛八骏国乐室内乐团、青岛塔岩传媒有限公司等彼此密切合作，不仅有技术的切磋，而且更有情谊的交流和艺术的默契。年老衰翁受到青年艺术家的鼓舞，自然如枯树逢春，焕发了新的生命活力。友谊万岁！这就是我发自心底的呼声！此一"战役"暂告结束，接下来与青岛出版集团合作出版的重任又落在了春元的肩上。春元与刘昕荃夫妇同时还无微不至地照顾我们夫妇的日常生活，《吟谱》能够顺利出版，贤伉俪付出颇多。春元在复旦大学读书期间，跟随我研读中国古典文学；毕业后，作为青岛市引进人才，到青岛市委宣传部工作，工作勤勉努力。春元是个有情怀的人，一直致力于对古典文学和青岛历史文化的研究。《吟谱》的诞生，倾注了春元诸君的心血。

2021 年 3 月 26 日

目 录

001　前　言

001　中国古代文学与音乐

035　文学和音乐的双向交流与融合新生
　　　——以古今诗歌的吟唱为中心

050　唐诗宋词吟唱三法

赏　析

060　关雎〔《诗经》〕

062　黍离〔《诗经》〕

064　东山〔节录〕〔《诗经》〕

066　庄子·逍遥游〔节录〕

068	九歌·国殇（屈　原）
070	芜城歌（鲍　照《芜城赋》）
072	春江花月夜（张若虚）
074	凉州词（王　翰）
076	凉州词（王之涣）
078	春晓（孟浩然）
080	送元二使安西（王　维）
082	赠汪伦（李　白）
084	早发白帝城（李　白）
086	将进酒（李　白）
088	客至（杜　甫）
090	赠卫八处士（杜　甫）
092	春夜喜雨（杜　甫）

094	悯农（李　绅）
096	长恨歌（节录）（白居易）
098	钱塘湖春行（白居易）
100	清明（杜　牧）
102	赤壁（杜　牧）
104	马嵬（李商隐）
106	虞美人（李　煜）
108	浣溪纱（晏　殊）
110	秋声赋（欧阳修）
112	前赤壁赋（苏　轼）
114	记承天寺夜游（苏　轼）
116	书临皋亭（苏　轼）
118	和子由渑池怀旧（苏　轼）

120	饮湖上初晴后雨（苏　轼）
122	六月二十七日望湖楼醉书（苏　轼）
124	题西林壁（苏　轼）
126	江城子·乙卯正月二十日夜记梦（苏　轼）
128	江城子·密州出猎（苏　轼）
130	八声甘州·寄参寥子（苏　轼）
132	卜算子·缺月挂疏桐（苏　轼）
134	念奴娇·赤壁怀古（苏　轼）
136	蝶恋花·春景（苏　轼）
138	沈园·其一（陆　游）
140	示儿（陆　游）
142	水调歌头·明月几时有（苏　轼）

144 水调歌头·明月几时有（苏 轼）

146 水调歌头·明月几时有（苏 轼）

148 暗香（姜 夔）

150 一剪梅·一片春愁待酒浇（蒋 捷）

152 蜀相（杜 甫）

154 杂说四（韩 愈）

156 哀江南赋序（节录）（庾 信）

158 归去来兮辞（节录）（陶渊明）

160 附　录

165 后　记

中国古代文学与音乐

中华诗词吟诵的传统教学消失已久，现在该是全力抢救，以恢复其艺术光彩的时候了。近现代国学大师章太炎在《论汉字统一会》一文中说："夫字失其音，则荧魂丧而精气萎，形体虽存，徒糟粕也，义训虽在，犹盲动也。"云南大学教授刘文典更有生动形象的比喻。一次，刘先生问云南大学张文勋诸生曰："何谓诗？"诸生一时不能答对。先生笑曰："诗者，观世音菩萨也。"诸生茫然不解，先生解惑曰："观世者，观世、观物也,阅世深方可为诗,若杜甫者是也。音者,音乐之美也,平平仄仄,调声协律者是也,有音韵之美方能言诗。菩萨者,觉有情之谓也,无特殊之觉悟不能为诗,无情感不能为诗。三者缺一不可。"诗歌是文学语言的艺术,必具形、音、义三个方面。如果不讲诗词吟诵,就丧失了诗歌音乐性的审美艺术,犹如三足之鼎断了一足,其鼎立倾,能无惜乎?于此可见,诗歌与音乐关系密切,应加以深入研究。

音乐是时间的艺术,稍纵即逝。文学是语言的艺术,经过文字的中介作用,几乎成为文明的象征。文学与音乐两者虽看起来风马牛不相及,但是同属于艺术,皆富艺术想象。文学与音乐的双向交流、互动发展客观存在。西方如此,中国亦然,音乐与文学早在古代就结下了不解之缘,可以说是我中有你,你中有我。

一

过去的老先生,如先师郭绍虞、朱东润等五四时期的著名教授,常对我说:学习和研究中国古代文学,不能孤陋寡闻、就事论事。如果仅仅就文学论文学，就会眼光狭隘，就不是一个优秀的学者，甚至可能连做个合格的中文系学生都有困难。李岚清先生曾说，早年清华大学的理工科教授十分懂得加强人文素质培养的重要性，戏称要"写一笔好字，唱两句皮黄"，我看应该再加上"跳三步舞曲，听四个乐章（指交响乐）"，这样就更为全面、恰到好处了。总之，不论是学什么专业的，都应当有一定的文化艺术方面的爱好和修养，这也是现代社会的需要。因此，中文系的广大师生一定要放宽视野、转益多师，打下坚实的学术基础。从方法论来说，先师提出了三个"一条龙"的具体方案供参考。

第一，必须重视文、史、哲"一条龙"。因为古代文章常是文、史、哲不分，脱离了经、史之基础，就不成其为文学，所以难以思考文学创作的文化内涵及其精深思想。站在21世纪的时代高度上，我想还应加以补充，提出文、史、哲与理工的科普知识"一条龙"。如数学家丘成桐在《数学和中国文学的比较》中所说："数学家以其对大自然感受的深刻肤浅，来决定研究的方向……无论是选择悬而未决的难题，或者创造新的方向，文化修养皆起着关键性的作用。文化修养是以数学的功夫为基础，自然科学为辅，但是深厚的人文知识也极为要紧，因为人文知识也致力于描述心灵对大自然的感受，所以司马迁写《史记》除了'通古今之变'外，也要'究天人之际'。""文学家为了达到最佳意境的描述，不见得忠实地描写现象界，例如贾岛只追究'僧推月下门'或是'僧敲月下门'的意境，而不在乎所说的是不同的事实。数学家为了创造美好的理论，也不必依随大自然的规律，只要逻辑推导没有问题，就可以尽情地发挥想象力。"事实证明，包括文学艺术在内的社会科学与自然科学，通过心灵想象相沟通，社会科学的研究和发展需要丰富的想象力。同样，自然科学的发明和创造也一样需要那充满激情、诗意的丰富想象作为永恒的推动力。

　　第二，必须重视文学与语言"一条龙"。文学是语言的艺术。如前所述，文学语言应包括形、音、义三个方面，三足鼎立，缺一不可。但世人多依形述义，很少注意语言之声韵及音乐性。这样，三足之鼎，缺一则倾，对文学的情绪渲染及意境构建必然缺乏感性体悟。但是，今天中文系文学专业的学生及文学研究者,有不少人忽略了语言在文学中的重要地位。不懂小学(文字、训诂和音韵)、语法、修辞和逻辑的人,又怎么来分析文学的语言艺术?又岂能真正读懂古代的文学作品并汲取其精髓?

第三,必须重视文学与艺术"一条龙"。艺术的门类繁多,如书法、绘画、雕刻、建筑、戏剧和音乐等。艺术的表现形式及创作技法各异,但论其精神本质则与文学相通,因为文学也属于艺术。比如,唐代诗人王维同时又是一位杰出的画家。他的诗犹如一幅幅有声的画;他的画也独具特色,像一首首无声的诗。其诗与其画相互促进,形成诗画双向互动的交流融合。如王维的诗句"明月松间照,清泉石上流"(《山居秋暝》),"荆溪白石出,天寒红叶稀"(《山中》),"桃红复含宿雨,柳绿更带朝烟"(《田园乐·其六》),"白云回望合,青霭入看无"(《终南山》),"江流天地外,山色有无中"(《汉江临眺》),"大漠孤烟直,长河落日圆"(《使至塞上》)等,可以说诗情画意,声色俱佳。如苏东坡所评:"味摩诘(王维之字)之诗,诗中有画;观摩诘之画，画中有诗。"（《书摩诘蓝田烟雨图》）其实，不仅绘画与文学相通，音乐与文学的精神也息息相通。

中国古代文学与音乐从发生学上考察，在上古本是同出于一源。鲁迅先生说："我们的祖先的原始人，原是连话也不会说的，为了共同劳作，必需发表意见，才渐渐的练出复杂的声音来，假如那时大家抬木头，都觉得吃力了，却想不到发表，其中有一个叫道'杭育杭育'，那么，这就是创作……倘若用什么记号留存了下来，这就是文学。"（《门外文谈》）其实，古人在劳动中发出的"杭育杭育"，不仅是诗，同样也是歌——即音乐的萌芽。刘勰《文心雕龙·明诗》说："人禀七情，应物斯感，感物吟志，莫非自然。昔葛天乐辞，《玄鸟》在曲；黄帝《云门》，理不空弦。至尧有《大唐》之歌，舜造《南风》之诗……"歌（音乐）诗（文学）并举，合二为一而同出一源。乐辞是歌，合之则双美，离之则两伤。所以《尚书·舜典》篇载："诗言志，歌永言，声依永，律和声。八音克谐，无相夺伦，神人以和……击石拊石，百兽率舞。"意思是说，在祭祀的仪式上，诗是用来表达思想感情的，歌唱则是借助语言和旋律节奏来把思想感情咏唱出来，歌唱的声音既要根据内心之志来表达，同时也必须符合乐律节拍的艺术规范。由此可见，古人眼中的诗（文学）与歌（音乐）同出一源，具有共同的审美价值和社会功能。所以，春秋时墨子说："诵诗三百，弦诗三百，歌诗三百，舞诗三百。"（《墨子·公孟》）这里所称的"诗三百"，指今天见存的《诗经》三百零五篇。墨子的话并非个例，而是代表了先秦时期人们的共同认识。他们认为诗、乐、舞三位一体，密不可分，并常用"乐"的概念来对艺术进行概括。《左传·襄公二十九年》载有季札在鲁国观周乐的故事，所称"周乐"，大约就是诗、乐、舞三位一体的《诗经》的前身。在先秦时期，《诗经》中的诗歌经过宫廷乐师的修饰改造，使之符合当时礼乐节奏的音乐需求，因而原是可以歌唱演奏，以配合舞蹈的。《诗经》开篇的《关雎》有"窈窕淑女，琴瑟友之""窈窕淑女，钟鼓乐之"之句。《陈风·东门之池》有"彼美淑姬，可与晤歌"之句。用歌唱诗歌来传情达意，在当时相当普遍。但自先秦时期的王官采诗制度消失之后，有关《诗经》（相关曲谱见本书第60、62、64页）演唱的乐谱曲调也相继失传，惜哉！

二

  不过,墨子称诗可诵、可弦、可歌、可舞,同时也反映了诗与乐相对独立的趋势。诗与乐也可称文学与音乐,两者成为各自独立的艺术门类,实际经历了漫长的时间。汉魏六朝的乐府诗很多仍是诗与乐合二为一的。如班固《汉书·艺文志》所说:"自孝武立乐府而采歌谣,于是有代赵之讴,秦楚之风,皆感于哀乐,缘事而发……"但是,古时没有科学的记谱方法,仅依靠乐工声口相传,时间久远,它们的歌唱方法逐渐失传。

  乐府诗发展到唐代,部分继承了南北朝乐府的清商曲而继续歌唱,但总的说来,旧曲失传呈加速趋势。因而众多乐府大多化为徒诗,其词成为口头吟诵或案头阅读的诗歌。如李白的《将进酒》(相关曲谱见本书第86页)等。当然,另有一些唐人乐府,由当时的作曲家谱上新声,继续歌唱。如李白的《清平调》三首:

清平调

(李白诗)

小工调1 = D 昆曲《惊鸿记·太白醉写》(见《振飞曲谱》)

(6.1 65 | 3 5) | 6.5 35 | 1 6 - | (1 2 1 3 5) 6.5 3 2 |
(唱)云 想 衣 裳　　花 想

2 - | 3.3 23 | 5 - | (3.5 6 1 5 | 3 2 3) 5 6 5 3 2 1 | 2 - | 3.5 6 1 5 | 6 - |
容，春 风 拂 槛　　露 华 浓。若 非 群 玉

(1 2 1 | 3 5) | 6.5 3 2 | 3 - | 5 6 1 6 5 | 6 - | 3 0 5 3 2 1 | 2 - ‖
山 头 见，会 向 瑶 台　月 下　逢。

(6.1 65 | 3 5) | 6 6 5 3 3 | 5 6 5 3 2 1 | 2 - | 3 5 3 2 1 3 | 6.5 3 2 | 2 - |
一 枝 红 艳 露 凝 香，云 雨 巫 山 枉 断 肠。

3.3 23 | 5 - | 2 2 1 | 6. (1 | 2.3 1 6 | 6 -) 3 5 6 1 6 5 | 3 - | 5.6 1 1 |
借 问 汉 宫 谁 得 似，　　　　　可 怜 飞 燕 倚 新

6 - | 6 - ‖
妆。

3 3. 6 6 | 3 5 2 | 3 - | 2 2 2 3 5 | 2.1 6 | 3 5/7 2.1 6 | 1 6 - |
名 花 倾 国 两 相 欢，常 得 君 王　带　笑 看。

3 5 6 6 | 5.1 6 5 | 3 - | 2 2 1 2 3 0 5 | 2.1 6 | 1 6 - ‖
解 释 春 风 无 限 恨，沉 香 亭 北 倚 阑　干。

据记载，开元年间（713—741），禁中牡丹盛开，唐玄宗与杨贵妃于兴庆宫沉香亭赏花，令翰林学士李白进《清平调》词三首，命梨园子弟调抚丝竹，促歌唱家李龟年歌唱。玄宗兴致大发，自己"调玉笛以倚曲，每曲遍将换，则迟其声以媚之"。新诗新唱新演奏，令人耳目一新，经久不忘。后来，李龟年回忆说，他唱了无数的歌，独以唱李白《清平调》最为得意。汉之乐府、唐代梨园，名称有异且职能不同，但作为掌管音乐歌唱的艺术机关则是一致的。另外，唐人律、绝等近体诗也常有伎伶乐工传唱。宋李清照《词论》曾说："乐府声诗并著，最盛于唐开元、天宝间。"所称"声诗"，指乐府以外采作歌词以入乐歌唱的五言、七言诗。王灼《碧鸡漫志》卷一《唐绝句定为歌曲》称："唐时古意亦未全丧，《竹枝》《浪淘沙》《抛球乐》《杨柳枝》，乃诗中绝句，而定为歌曲。"还有，唐人薛用弱的《集异记》记载了著名的旗亭听伶官唱诗的故事：唐开元年间，诗人王昌龄、高适、王之涣共诣旗亭小饮，忽有梨园伶人乐官十数人登楼宴会，歌诗助欢。

三人相约，以诗入歌词之多者为优。一会儿，一伶拊节唱曰："寒雨连江夜入吴，平明送客楚山孤。洛阳亲友如相问，一片冰心在玉壶。"（王昌龄《芙蓉楼送辛渐》）于是王昌龄引手画壁曰："一绝句。"又一伶唱曰："开箧泪沾臆，见君前日书。夜台今寂寞，犹是子云居。"（高适《哭单父梁九少府》）高适引手画壁曰："一绝句。"又一伶讴曰："奉帚平明金殿开，暂将团扇共徘徊，玉颜不及寒鸦色，犹带昭阳日影来。"（王昌龄《长信秋词五首》）王昌龄又引手画壁曰："二绝句。"最后压轴伎伶中最漂亮的双鬟伶人发声唱曰："黄河远上白云间，一片孤城万仞山。羌笛何须怨杨柳，春风不度玉门关。"这是王之涣的《凉州词》，众人大笑。曾有人怀疑这则故事的真实性，但今人周勋初《高适年谱》（上海古籍出版社，1980 年）经过周密考证，认为确有其事。于此可见，歌唱唐诗在当时是一种时尚。不过，由于种种原因，唐诗乐谱现今大多失传，只有明人记谱的《阳关曲》（又名《渭城曲》）是据王维《送元二使安西》谱写而成的，相传曲调很高，唐人倚歌伴奏的笛子为之开裂。现据记忆，略去前后衬句，只记其传唱的主旋律供参考：

阳关三叠
（古曲）

慢速

6·1 32 | 1 2 | 2 - | 5·6 5 3 | 5 532 | 1 23 2 - |
渭 城 朝 雨 浥 轻 尘， 客   舍 青 青   柳 色 新。

1 6 6 6 | 5 6 6 | 6·1 3 2 | 1 2 | 2 - ‖
劝 君 更 尽 一 杯 酒， 西 出 阳 关 无 故 人。

此曲后来演化为器乐曲，改名为《阳关三叠》。《阳关曲》是否纯为唐音，待考。

到了宋代，诗已与文人理性相融合，其动情而入乐歌唱的任务大多转由宋词来担当。如北宋柳永的词，叶梦得《避暑录话》中就评论说是"凡有井水处，即能歌柳词"。柳永《鹤冲天》词也说："何须论得丧。才子词人，自是白衣卿相……忍把浮名，换了浅斟低唱。"宋仁宗听后，叫他自去浅斟低唱，把他的名字从进士榜中去除。于是，柳永竟真的做了很长时间混迹伎伶乐工之间的"布衣卿相"。又如周邦彦，也是擅长音乐的大词家。《宋史·文苑传》云："邦彦好音乐，能自度曲，制乐府长短句，词韵清蔚，传于世。"还有南宋词人姜夔，也是个能歌善词的名家。他因填词歌唱出名，出入名人府第。范成大还送他一个歌伎小红相伴终生。所以姜夔得意地唱道："自作新词韵最娇，小红低唱我吹箫。"（《过垂虹》）其《齐天乐》词序云："丙辰岁，与张功父会饮张达可之堂……功父约予同赋，以授歌者。"其词有"笑篱落呼灯，世间儿女，写入琴丝，一声声更苦"之句。

姜词合于音律而入乐歌唱，于此可见。姜夔还有自度词曲，但传世的大多是记录音符高低的工尺，节奏强弱快慢则略而不详，所以破译仍有许多难以弥补的遗憾。至于世人以为婉约词多可歌，而豪放词不可唱，这实在是一种误解。柳永、李清照的词大多合律可歌，当然不假；但以苏轼、辛弃疾为代表的豪放词也并非尽不可唱，只是豪放词人不为音律所拘束，遂被误解。宋俞文豹《吹剑续录》曰："东坡在玉堂日，有幕士善讴，因问：'我词比柳词何如？'对曰：'柳郎中词，只好十七八女孩儿执红牙拍板，唱"杨柳岸晓风残月"；学士词，须关西大汉执铁板，唱"大江东去"。'公为之绝倒。"东坡首肯。婉约词与豪放词艺术风格有异，唱法自然有所不同。虽然苏、辛的豪放词突破音律拘束，或有不便歌唱之处，但是，如《念奴娇·赤壁怀古》《水调歌头·明月几时有》等都传唱古今。据蔡絛《铁围山丛谈》记载，北宋宣和年间（1119—1125），歌者袁绹"乃天宝之李龟年"。一天，东坡与袁绹共登金山山顶的妙高台，命绹歌其《水调歌头》曰："明月几时有？把酒问青天。"歌罢，坡为起舞，而顾问曰："此便是神仙矣。"又如，东坡词《蝶恋花·春景》："花褪残红青杏小。燕子飞时，绿水人家绕。枝上柳绵吹又少，天涯何处无芳草！　墙里秋千墙外道。墙外行人，墙里佳人笑。笑渐不闻声渐悄。多情却被无情恼。"据有些资料记载，该词作于东坡贬谪岭南惠州时。作者以传统的香草美人比兴手法来传达其政治失意、报国无门之悲。《词林纪事》卷五引《林下词谈》记载："子瞻（苏轼字）在惠州，与朝云（东坡侍妾）闲坐，时青女（指秋霜）初至，落木萧萧，凄然有悲秋之意。命朝云把大白，唱'花褪残红'。朝云歌喉将啭，泪满衣襟。子瞻诘其故，答曰：'奴所不能歌，是枝上柳绵吹又少，

蝶恋花·春景

蒋凡 曲
潘志芸 校订

(0 35 6 | 1̇ 2̇ 7 | 6̇ 5̇ 6 6 | 6 -) 6 5 0 3 5̇ 6 6· 1̇ | 6 3̇ 5 6 6 6 5 3 3 - |
　　　　　　　　　　　　　　　　　　　　花 褪 残　红 青 杏 小。

2 1̇ 2 3 3 | 3 5 7̇ 6 6 3̇5̇3̇ 2̇3̇2̇ 1̇2̇1̇ 6̇1̇6̇ 6 - | 6̇ 2̇3̇1̇2̇ 3̇5̇3̇ 3 - |
燕子 飞时，绿水 人家绕。　　　　　　　　　　　　　　枝上

0 3̇ 5̇ 3̇ 6 - 2̇ 3̇ 5̇ 4̇ 3̇ 0 3̇5̇3̇ 3 - | 1̇· 7̇ 6 5· 4̇ 3̇ 6̇ 2̇3̇1̇2̇ 3 - 3̇2̇1̇ 6̇6̇· |
柳　绵 吹 又 少。　　　　　　　天 涯 何 处 无 芳　草。

6̇ 6̇1̇ 2̇ 2̇· 0 3̇ 2̇1̇ 3̇0 3̇5̇3̇ 3 - | 3 3̇5̇ 6̇ 6̇· 0 1̇ 3̇5̇ 1̇2̇7̇ 6̇5̇ 6 - |
墙里 秋千　墙外 道。　　　　　墙外 行人，墙里 佳人 笑。

2 2 2 1̇2̇ 3̇5̇3̇ 3 0 3̇ 1̇2̇3̇ - 3̇2̇1̇ 6̇6̇· |
笑 渐 不 闻　　　声 渐 悄。

6̇ 2̇3̇1̇2̇ 3̇5̇3̇ 3 - 0 3̇ 5̇ 4̇ 3̇ 1̇2̇7̇ 6̇5̇ 6 - |
多　　情　　　却 被 无 情 恼。

2̇ 3̇ 5̇ 4̇ 3̇ 2̇ 3̇ 1̇ 7̇ 6̇ - 1̇2̇1̇ 6̇1̇6̇ 6̇ - ‖
无 情 恼。无 情 恼。

天涯何处无芳草也。'……朝云不久抱疾而亡,子瞻终身不复听此词。"苏词歌唱,感人一至于此!

  不过,宋代以后,人多不明词"别是一家"的本色理论,日渐抛离音律,化为案头观赏的"长短不葺之诗"。于是,诗歌入乐歌唱的任务又转由元明散曲、戏曲来完成。中国戏曲是一种诗与歌舞完美结合的综合艺术,其中音乐与文学的关系之密切极其明显,此不赘述。从诗这一大的艺术门类(包括古体诗、今体诗、词、曲等)来看,文学与音乐在源头上是统一的。在后来几千年漫长的发展中,两者分分合合,变化颇多,直至现代新诗出现后,诗歌才逐渐淡化了音乐的因素。古典诗歌的艺术特色,如古体诗层层迭进而波澜跌宕的押韵、转韵、铺排以及今体律绝的对仗、四声、黏对的平仄律,都曾受到音乐因素的刺激与推动,并通过语言文字的作用化为诗歌内在的节奏律动——即诗歌文学的音乐性,变得抑扬顿挫、声情并茂,成为一种依声抒情的绝妙艺术手段。古诗即使不用来歌唱,但在其"平平仄仄"的吟诵中,也包含了不可或缺的音乐因素,其艺术之动人绝非偶然,应该承认音乐的力量在其中发挥了重要的作用。

三

其实，不仅是诗词戏曲，就是古代散文也自具一定的音乐性。早年徐复观在教大一国文时，颇有体会地说："我曾经选过几篇近代人的名作，初看一两遍，觉得有声有色；但细声一读，便读垮下来了。经不起读的文章，讲时感到非常窘迫，学生听得也没精打采。有几篇古人的短文章，初看很平淡，但越读越觉得深厚，越觉得有精神。"当然，与诗、词、戏曲不同的是，散文所受音乐的影响更多是间接实现的。散文也是语言艺术的一种形式，汉语言文字单音孤立的特殊形态，易于形成汉语言文字所特有的音乐性特征。古代散文正是利用了这一特点，在对偶整饬中见其变化流动的声音之美，读来铿锵和鸣，宫商一片，同样动听感人。过去的老先生教中国古代文学，不像今日的教师在课堂上做大量的分析讲解，他们自有绝招。

先要模拟写作，让学生学古诗则写古诗，学律绝则写律绝，学古文骈文则写古文骈文。学生的写作虽然因模仿痕迹重而显得幼稚，但是就像小学生初学写字时的描红和临帖，是一必要过程。由幼稚而趋于成熟，只是时间问题。老先生教古文，一般不急于解释章句字义和艺术主旨，而是叫学生反复地高声诵读,老师闭目静听,时而示意停下,让学生把某段某句重读一遍,并要求解释,然后再指出学生理解的错误之处。原来,老师是通过诵读时的声调、音节的抑扬顿挫来判断学生是否真正了解作品的。以《庄子·马蹄》为例,学生把开头两句连读为"马蹄可以践霜雪,毛可以御风寒"。先生马上叫停,并改读为"马,蹄可以践霜雪,毛可以御风寒"。"马"字后面实际省略了"之"字,意思是"马之蹄"和"马之毛"如何如何。省略"之"字后,在诵读时就必须略作停顿,使"马"字统领起下面音节匀称的两个对偶句。这样的读法,既准确传达了文章的精神,又通过语言声气的变化充分展示了散文语言的音乐美,使文句显得神气活现。文章的气势体现了作者的感情,而文气又与具体的语气密切相关:文章表达,总有声气在内运行,一旦离喉出口则化为声,声按一定的规则组织则化为节奏和韵律,这与歌唱相似。实际上,在书面化的文学作品中,必然有客观的语言声气及音乐韵律蕴藏其中。语言的音节声调是塑造散文形象的重要艺术手段。桐城派古文大师姚鼐身体瘦弱,中气不足,但他读古文时,必然正襟危坐,凝神提气,因为他十分重视散文语言的音乐美,认为这是散文传神的艺术表现。他说:"诗、古文各要从声音证入。不知声音,总为门外汉耳。"(《与陈硕士》)林纾《春觉斋论文·声调》也说:"古文中亦不能无声调,盖天下之最足动人者,声也。试问易水之送荆轲,闻变徵之声,士何为泣?及为羽声,士又何为怒?本知荆轲之必死,一触徵声,自然生感;本恶暴秦无道,一触羽声,自然生怒耳。"通过声气音节来求神气,这是古文家的惯技。姚鼐之师刘大櫆《论文偶记》说:"音节高则神气必高,音节下则神气必下,故音节为神气之迹。一句之中,或多一字,或少一字;一字之中,或用平声,或用仄声;同一平字仄字,或用阴平、阳平、上声、去声、入声,则音节迥异,故字句为音节之矩。"如柳宗元《种树郭橐驼传》曰:"凡植木之性,其本欲舒,其培欲平,其土欲故,其筑欲密,既然已,勿动勿虑,去不复顾。"其中"舒""故""顾"作不规则的押韵,使语气音节愈加铿锵流畅。从"其本欲舒"起,连用四个主谓结构的四言词组(或称"短语"),语言声气节奏显得非常平稳。这样的声气音节,把种树专家郭橐驼在种树时顺应自然、得心应手、悠闲从容的神态刻画了出来。后面插入了三言短语"既然已",既明语气,又通脉络,使人在整齐中见音节之变化。再后面的"勿动勿虑"是并列结构短语,四言二音步;"去不复顾"虽也是四言,却是以一音与三言相配合,更显出平衡中又多变化。这样以四言句式为主又有所变化的声气节奏,形成了听觉形象,使人可以真切地感受到郭橐驼这个劳动者那平实沉稳却又不失灵活的性情。后面一段的意义对比明显,因此语言的音节声气也陡然一变:"旦暮吏来而呼曰:'官命促尔耕,勖尔植,督尔获,早缫而绪,早织而缕,字而幼孩,遂而鸡豚。'鸣鼓而聚之,击木而召之。吾小人辍飧饔以劳吏者,且不得暇,又何以蕃吾生而安吾性耶?……"从"促尔耕"始,连用三个三字句,音节短促迅猛,特别是用了"获"这个入声字,犹如大钟鸣鼓叩击心胸,令人怦怦心跳不已。这就把官吏下乡时那一迭连声狂呼乱叫的瞎指挥通过音节变幻形象地刻画出来了。最后"吾小人"以后几十字的长句,把老百姓郁积胸中的愤怒与抗议,通过长串不歇的音节声气,暴风雨般地倾泻了出来。这与音乐的旋律节奏所传达的感情变化,何其相似乃尔。柳宗元借助平与不平的多变声气节奏,也即散文语言的音乐美,从另一侧面把人物形象刻画得栩栩如生。

四

现以近现代大家所吟唱的古文和骈文两段为例:赵元任吟诵的韩愈古文《杂说四》(相关曲谱见本书第154页)和程曦吟唱的庾信《哀江南赋序》(相关曲谱见本书第156页)。以上论述说明古代文学——包括诗词、歌赋、戏曲,甚至散文,都与音乐艺术有着密切的关系。实际上,文学与音乐不仅通过声气节律相互沟通,而且通过共同的艺术想象进行双向交流,实现互动促进。由此可知,想象是所有艺术的共同灵魂。如《世说新语·任诞》第四十九则载:"王子猷出都,尚在渚下。旧闻桓子野善吹笛,而不相识。遇桓于岸上过,王在船中,客有识之者云:'是桓子野。'王便令人与相闻,云:'闻君善吹笛,试为我一奏。'桓时已贵显,素闻王名,即便回下车,踞胡床,为作三调。弄毕,便上车去。客主不交一言。"

王徽之,字子猷,是东晋大书法家王羲之的儿子,王献之之兄。他虽然是东晋时王谢家族的名门子弟,但只做到黄门侍郎,可说是官职卑微。桓伊,字叔夏,小字子野,在著名的淝水之战中,与谢玄等大破前秦大军,因功封侯,官至都督江州荆州十郡、豫州四郡军事、江州刺史,拜护军将军,其官爵相当显赫。从文学的角度看,这则故事颇为生动,很能说明魏晋名士的风度和神韵。在官本位的社会中,桓、王两人官职悬殊,很难交往。但在艺术面前,两人自然沟通,而毫无障碍。王徽之的率真很可爱,而桓伊的表现则更加可爱。我们可以想象,虽然王徽之官职卑微,但他并不自感低人一等,而是不问你桓伊官爵有多么显贵,我心里需要什么,就毫不掩饰地直接提出。有关桓伊的故事和为人,王徽之可能也听说过,但他只记住了桓伊"善吹笛"的风流雅事。桓伊擅吹笛,徽之善赏音,两者偶然相逢,自然凑泊,相遇知音,于是桓为王一人演奏了笛子艺术专场。这种情景下的音乐会,恐怕是古今无双了。作为当时"江左第一"的音乐家,桓伊很能理解王徽之的精神需求和艺术审美能力。一位高明的艺术家,能真正遇到知音,也是一种幸福。《世说新语》的作者,通过丰富的文学想象,为读者形象地展现了魏晋名士的艺术化人生。桓、王两人之间,只因共同的艺术情趣而偶然走到一起，有的只是审美精神的相通相感，而没有一丁点儿的世俗功利目的。桓伊演奏完毕，即登车而去，主客始终"不交一言"。桓伊专心演奏，并不因只有一个听众就草率了事，而是一连演奏了三个曲调，力求把笛子艺术的多方面予以完美展现。从听者方面看，王徽之早已沉醉在美妙的艺术世界中，在音乐的世界中尽情地享受人生，忘乎一切，所以他什么也没问，甚至连一声"谢谢"也没说。面对真正的艺术，高人雅士之间，有的只是共同的艺术想象和审美交流，而无须言语做中介。主客"不交一言"，世俗视为怪诞，而这实际是魏晋名士艺术精神的形象表现。通过文学想象，《世说新语》的这则故事已很生动。但是，我们若能将音乐的艺术想象运用其中，则文学故事会更为出色感人。为什么主客始终"不交一言"？隐藏在语言文字背后的精神本质是什么？音乐可以解答——桓伊所演奏的乐曲"三弄"。所谓"三弄"，据前人考证，即流传至今的古曲《梅花三弄》。它记录在古琴谱《神奇秘谱》中，后来又演变为笛子曲、琴曲。我们如果聆听过《梅花三弄》，相信会如醉如痴，被其芳香高洁的艺术品格带到如梦如幻的审美境界中去。现将由古琴曲改编，经刘庄、俞逊发、王昌元整理的笛曲《梅花三弄》的一段主旋律整理如下，以便与文学作品的精神参照比较：

梅花三弄

[乐谱略]

所谓"三弄"，代表乐曲的主旋律展现了三次，演奏时又加上了引子、尾声等，构成了完整的乐曲艺术。全曲描写了傲霜斗雪的梅花。我们可以通过《世说新语》的记载，借助文学家的艺术想象来聆听乐曲，乐曲在咏物，更是在歌颂人们高洁的品格；反过来，也可以借助音乐家的艺术想象，来丰富文学的情感表达。《梅花三弄》的引子，即把听众引入冰天雪地的梅花世界。第一弄描绘的是梅花傲对风霜，玉立在一片皑皑的冰雪世界中，含苞待放；第二弄则进一步描绘梅花在冰雪风霜中绽放，在严寒的摧压下获得了新生；第三弄又深入一层，描绘了梅花的清香远溢四方，永存人间，透露出一丝春光与希望。人与梅花合二为一，进入超凡脱俗、冰清玉洁的新世界。理解了乐曲的艺术精神，就会对《世说新语》中的桓、王两人"不交一言"有了更深的理解，隐藏在语言文字背后的精神本质自然被形象地和盘托出。音乐与文学通过丰富的艺术想象，双向互动，融会贯通，于此可见一斑。

再举一例，就是昆曲《牡丹亭》中的《游园惊梦》一出。《牡丹亭》的作者是明代戏曲家、文学家汤显祖。《游园惊梦》是百看不厌的"三好"戏，即"曲文俊美可诵，曲调委婉动听，搬演又值得欣赏"，确如赵景深、俞振飞等在《昆剧曲调》中所说，该曲精妙之处在昆剧中也是不多见的。不过，曲文虽美，有些地方却很难理解，限制了文学的想象。比如"袅晴丝吹来闲庭院，摇漾春如线"一句，什么叫"袅晴丝"？"摇漾春如线"具体又作何解？其形状如何？让人如雾里看花，不着边际。但是，一旦昆笛响起，委婉流畅、哀怨动人的旋律曲调从演员的声腔里流淌出来，你立刻就会被带进一个如诗如画的绚丽世界，它是那么美好无瑕，雨丝风片，烟波画船，令人留恋。在封建礼教的重压之下，那公子哥儿却"看的这韶光贱"。因此，春光虽美，春情难遣，有情人在如画的春光中，最后只能郁郁寡欢。现在再回头来读"袅晴丝"两句，就有了新的理解：春气摇荡，风和日丽，动人心魄。但在浓得化不开的封建礼教重压下，春光如线，随时都有可能被切断。因此，当大自然透露出一线春光时，人们只会加倍地呵护与热爱。音乐帮助破解语言文字背后的秘密，有助于人们对文学的理解和描绘，同样丰富了音乐的艺术想象。在这里，文学与音乐的艺术想象是息息相通且双向交流的。读过汤显祖《牡丹亭》的文学剧本后，我们再来欣赏昆曲《牡丹亭》的《游园惊梦》，一定会在华美哀婉、如泣如诉的乐章中感受到姹紫嫣红的春天气息，为其"付与断井颓垣"而叹息，也一定会看到一个为情而死、为情而生的杜丽娘，为她"一生儿爱好是天然"的性格而歌唱。于此可见，音乐生动地烘托了文学的精神，文学形象地展示了音乐的灵魂，两者通过共同的艺术想象，彼此交流，双向互动，踏入更加丰富多彩的艺术新世界。

步步娇

汤显祖　词
上海昆曲研究社编《昆曲曲调》

5 3 3̂ 6 0 | 6 5 6·5 3 2 0 | 1 2 30 3 21 | 6̣1 2 10 1 65 | 61 23 23 1 6 - ˅ |
袅　晴丝　吹来　　闲　庭　　院，

356 561 665 3·5 | 2 - 30 3 231 | 6̣1 20 21· 6̣ ˅ | 3· 52 3 11 6 - - - ‖
摇漾　　春　如　　线。

皂罗袍

（起板）

5̣ 6̣ 1 - | 1 - ˅ 5̣·6̣ 221 | 6̣· 5̣ 1 - ˅ | 20 2 123 2 ˅ 123
原来　姹　　紫　嫣红开

5·̣6 21 ˅ 6̣ - | 6̣ 1·5 321 01 | 2321 6̣·5 1 20 6 | 5·1 65 1·23
遍，　　似这般都付　与　　断井

30 356 01 65 | 3 5 ˅ 2 2 | 3565 32 16 12 | 6·1 325 06 5655
颓　垣。良辰美　景　奈何

3 02 161 2 ˅ | 32 506 5 165 321 | 61 21 ˅ 2·165 | 5·6 1211 6 - ：‖
天，　赏心乐　事　　谁　家　　院？

五

以下谈谈中国古代诗词的具体吟诵、吟唱问题。其大致可分为三类：一是吟诵，是无伴奏的徒歌，朗诵中隐含歌吟成分。吟诵时要正确理解诗歌内容及其感情所在，然后分出轻重缓急，清楚何处该强调、何处应弱化，以便突出重点。这样来朗诵诗词歌赋，就会热情洋溢、声调铿锵，而非小和尚念经那样有口无心、不分高低地背书。有时也可借用民间曲艺或戏曲艺术的道白方式，读来抑扬顿挫，效果颇佳。二是吟唱。这大多要根据作品内容及其四声平仄规律，或曼声长吟、低回咏唱，或高亢激昂、慷慨豪放。它也有一定的曲调规律，但高低音落差大多起伏不大，一般在一个八度左右，不像正式歌唱那样具有很大的起伏变化。吟唱者大多是学人，而非专业的歌唱家。一个歌调可以反复吟咏。当然，吟唱中必然根据所吟诗歌声韵情况而略加变化，以适应实际需求，从而更完美地表现诗的音乐性。三是歌唱。这类古代诗词，一般由音乐爱好者甚至是音乐家正式写出曲谱而加以传唱，属于正式的歌曲，在艺术上也更趋完美。这类诗词，如由作曲家或歌唱家来演唱，则会有更好的效果和更强烈的感染力。另外,现在的普通话是以北京话为标准音的,它在元代《中原音韵》流播开之后形成,因而失掉了入声字,其四声是阴、阳、上、去。也就是说,中古音的平、上、去、入四声中的入声,已消失在平、上、去三声中,然后再把平声分阴平、阳平,形成近代普通话的四声。这与唐宋以前诗词歌赋所使用的四声不同。因此,要吟唱唐宋以前的诗词,还是用中古音中的平、上、去、入四声更为抑扬动听,因为当时的诗人善于运用四声,特别是入声字的活用,获得了很好的效果。前人有一首介绍四声的歌,"平声平道莫低昂,上声高呼猛烈强,去声分明哀远道(一作'直送远'),入声短促急收藏(也作'急收场')",形象地描述了平、上、去、入四声的声调特点。古代诗词,正是在灵活运用四声平仄规律中展现其文学语言的音乐性。如杜甫《哀江头》诗开头四句:"少陵野老吞声哭,春日潜行曲江曲。江头宫殿锁千门,细柳新蒲为谁绿。"诗一开篇,即连用属于仄声的入声韵"哭""曲""绿"。入声音调的特点是"短促急收",犹如呼天抢地的声声哭诉,又如大槌击鼓,叩击人的心胸,以此来传达心中的无尽悲苦与辛酸无奈,音乐的感情形象非常鲜明,听者就像亲眼见到杜甫为国破家亡而顿足痛哭一样。因此,无论是吟诵还是吟唱、歌唱，都应注重四声和平仄，文学的音乐性常由它们来展现。

六

现在，我们来回顾总结如下：

（一）中国古代文学与音乐的关系，从发生学的源头上看，原是合二为一，诗、乐不分的，先秦时期诵诗观乐的事实，就是有力的例证。

（二）秦汉之后，文学与音乐的分与合经历了很长的发展阶段。与音乐结合最为密切的文学样式，当然是诗词歌赋与戏曲。入乐歌唱的任务，先由乐府诗在继承《诗经》传统的基础上担当，然后是唐代的近体（或称今体）诗，经宋词过渡到戏曲。其艺术的默契配合，一方面随文学样式的转换而日趋完美；另一方面，文学中诗词歌赋的文人化倾向，也不断促使文学脱离音乐而趋于独立。

（三）文学与音乐的关系，一方面可直接观察其入乐歌唱的成分，另一方面则应思考文学语言中所包含的音乐因素，如文学语言中的声气音节与节奏力度等，构成声音的艺术形象，与音乐有异曲同工之妙。

（四）文学与音乐之间存在着双向交流、互动发展的关系，两者都属于艺术。我们通过文学与音乐所产生的丰富的艺术想象，来展现共同的艺术本质及精神境界。音乐烘托并丰富了文学精神，文学则有助于深入人的内心、捕捉音乐的灵魂。

（五）学习或研究中国古代文学，必须恢复诵读、吟唱的优良传统。昔日无锡国学专修学校（今苏州大学）校长唐文治先生所提倡的吟诵传统，应予重视、借鉴，甚至是恢复。不仅是诗词歌赋与戏曲，就是散文艺术的语言，也具有一定的音乐性，并构成了作品的特殊声音形象，来传达情感和表现主题。诵读、吟唱有助于深入理解文学作品的本质与精神，激发作品内在的生命活力。桐城派古文家所说的通过音节来求神气，是有一定道理的。不仅是散文，诗词歌赋更是如此。试想，你若不去诵读、吟唱，怎么能体会作品语言的音乐美及其所蕴藏的精神风采呢？因此，建议大学中文系的文学教学，应该恢复吟诵、吟唱课程，以防止优良传统的丢失。

（六）文学作品的诵读、吟唱分为三种类型：一是近乎话剧或戏曲演员演说台词的吟诵，即富有轻重缓急、强弱快慢的朗诵，以此来表现情感与主题；二是吟唱，即长吟曼唱。吟唱者多为学人，所以虽有一定的曲调，但旋律简单，一两个乐句可多次反复出现，变化不大，音调起伏一般高低落差在一个八度音域中；三是歌唱。正式的歌曲大多由音乐家进行作曲和传唱，因而较为符合作曲规范，在艺术上也更加完美。但比较而言，读者学人的诵读、吟唱，更多考虑的是文学语言中的音乐性因素，即四声、平仄、押韵、声调变化等，也自有其面貌和特点。这三种诵读、吟唱和歌唱的方法不同，人们可根据自身的条件和特点来选择，而不必拘于一律，甚至还可以灵活运用我国的戏曲艺术来吟诵。如徐一士《一士谭荟》中有《戏剧琐话》一文，其中对戏曲的"衬字与垫音"进行探讨，说："不独戏曲有衬字与垫音，吟诵诗句，亦有类之者。清王应奎《柳南续笔》卷一云：'桐城方文，字尔止，尝登凤凰台，吟太白诗云："凤凰台上一个凤凰游，而今凤去耶台空耶江水流。"曼声长吟，且咏且拍，人皆以为朱翁子之徒，随而笑之。'其'一个''而今'为衬字，'耶''耶'为垫音，固与唱戏大相类似；'且咏且拍'，又有哼戏之神气。"综上，诵读、吟唱的关键在于吟唱者的灵活变化以传其艺术神气。

（七）古代诗词的诵读、吟唱，如能活用南方方言，则其艺术声韵效果尤佳。因为我国的某些南方方言，如吴语、闽南语、广东话、客家话等，保留了许多中古音，入声字也很清晰，读来抑扬顿挫，传神有味。又如今天普通话的"家""斜""麻"，并不押韵，但在中古音系统中，同属于平声"家麻"韵而通押；今天的闽南话，即保存了中古音的"家麻"韵，如孟浩然的《过故人庄》，如运用闽南话来吟唱，读来自然押韵。

（八）雅与俗、普及和提高的问题。古代文学与音乐追根溯源，两者原是同源合一的关系。所谓"杭育杭育"，是文学也是音乐。文学与音乐形成了一唱百和的局面，如风行草偃，是较为普及和流行的"俗"文化。先秦时，民间的风诗歌谣（十五国风）被王官采风而走向了宫廷，化为庙堂文化，后来又被尊为《诗经》的主体，成了一种礼仪文化，经历了由俗到雅、由普及到提高的发展过程。但是，既然成了一种官方礼仪文化，则又借助制度规范，重新由庙堂推向了民间，得以更广泛地流行和普及。新的"俗"又逐渐包含了一些具有高雅意味的新基因。《诗经》中的诗可说是既俗又雅,在经过贵族文人加工之后,虽然失去了某些"野味",但总的来说,在艺术上也获得了新的提高。后来,乐府诗的发展也充分证明了这一点。由此可见,雅与俗的双向互动,普及与提高的相互促进,推动了文学艺术的快速发展。我们千万不要去片面地排斥流行的民间俗文化,或是公然仇视千百年来的文人雅文化,而应采取雅俗互补的态度,来促进文学和音乐的健康发展。

（文载北京大学国学研究院中国传统文化研究中心编纂《国学研究》第四十卷,北京大学出版社出版）

文学和音乐的双向交流与融合新生
——以古今诗歌的吟唱为中心

现代中国,中华诗词吟唱的教学传统消失已久,这不正常,现在到了应该紧急抢救的时候了。

章太炎是公认的近现代国学大师,他在《论汉字统一会》一文中明确指出:"夫字失其音,则荧魂丧而精气菱,形体虽存,徒糟粕也,义训虽在,犹盲动也。"文学是语言的艺术,特别是诗词,如果失其音,即丧失了语言的音乐性,如声、韵、调、节律及轻重缓急等因素,荧魂丧而精气萎，则诗不成其诗。诗词语言艺术，必具形、音、义三个方面。但如今学校的诗词教学之路，大多是从形到义，即让学生们通过视觉形象来欣赏诗词的艺术之美，这当然是必要的。但是，如重其形而失其音，忽略了诗词的吟诵、吟唱或是歌唱的传统教学方法，那也是一偏之见。诗词之音，也就是诗歌的音乐美，是从听觉方面来进行欣赏的。这样，文学，特别是文学中的诗歌，便从形、音、义三个方面共同实现了审美艺术价值，三个方面犹如古代铜鼎大器之三足，缺一不可。文学诗词的审美，如果只通过眼中所见之形来想象，只从文字意境方面来求索，而缺乏耳听其音来传达与塑造，则如三足大鼎折了一足，必然造成"鼎折足，覆公𫗧"的严重后果。只用眼而不重耳，这不就把文学诗词的审美价值折损了一大半吗？于此可见，如果老师在诗词赏析课上不去关注文学与音乐的关系，不去挖掘诗词的音乐美的丰富内涵，不歌不诵，不吟不唱，那么尽管他将诗词讲得天花乱坠，还是改变不了诗词审美艺术缺失一大半的实际情况，能无惜乎？

　　为什么会出现这一现象呢？我想，除了教学方法的缘故，更深层的原因是大部分人对汉语的音乐性特征及文学与音乐的关系缺乏深入的理论认识。缺乏自觉的理论思考，当然就会失去动力和积极性。郭绍虞先生在其语言学著作，如新中国成立前的《语文通论》《语文通论续编》（两书皆为开明书店出版）和新中国成立后的《汉语语法修辞新探》（商务印书馆，1979年）中，对汉语的音乐性特点多有论述。如汉语方块字单音孤立，汉语词汇中联绵词的双声、叠韵等特点，易于人们构建工整的对偶排比句，加上语音方面四声平仄律的巧妙运用，自然形成了诗歌内在的音乐美，这是一方面。另一方面，从发生学角度来思考文学与音乐的关系，文学的诗与音乐的歌在上古时代是合二为一的，诗与歌几乎同时产生。如鲁迅所说，抬木头时的劳动号子是歌，是音乐，记录下来即是诗，是文学。诗与歌都在劳动号子中同时产生。先秦礼乐时代，诗、乐、舞也是三位一体的。虽然文学与音乐在后来的艺术发展之路上分分合合，相互交错，但总体发展趋势还是以两者双向交流为主。从唐诗的旗亭传唱，宋词的精细演唱，发展到元、明以后戏曲的表演与歌唱，文学与音乐合之则双美，离之则两伤。对于中华诗词的诵读、吟唱问题，我们应自觉提高至上述理论高度来认识和思考，如此，则这一问题才可能得到实质性的解决。

文学是音乐的灵魂,音乐是文学的血脉,两者你中有我,我中有你,双向交流,互促共进。古今中外的艺术史、文学史中有无数实例充分说明了这一点。先以中国古今之例来说明。

比如,唐代诗人王维,苏东坡说他"诗中有画,画中有诗"。其实,王维不仅是诗人,还是画家,被明董其昌推为"南宗"之祖,而且王维还具有很高的音乐修养。他同时集诗人、画家、音乐家于一身,这就为其诗歌的音乐美增添了内在的艺术活力。《史鉴类编》评王维诗,谓其"百啭流莺,宫商迭奏……真所谓有声画也",一语道出了王维诗的音乐美。王维曾在朝廷担任太乐丞,主管朝廷的音乐、舞蹈诸事。据《太平广记》载,王维年轻时"性闲音律,妙能琵琶",与岐王关系很好。岐王曾邀他带琵琶到公主府第,为公主"独奏新曲",王维所奏之曲凄清哀切,满坐动容。公主问:"此曲何名?"王维起身答道:"号《郁轮袍》。"公主大奇之。同时,公主对王维的诗也非常欣赏,因此推荐他参加科举,王维一举夺魁。此虽为笔记家言,但也必有所据。王维音乐修养之深厚,非一般文学家所能及。正是因为不自觉地获益于内在音乐素养的熏陶和浸润,所以王维的诗音调谐婉,韵律流畅,富有"百啭流莺"的音乐美。

其《送元二使安西》（相关曲谱见本书第80页）诗曰："渭城朝雨浥轻尘，客舍青青柳色新。劝君更尽一杯酒，西出阳关无故人。"此诗音调悲婉凄清，适合歌唱，因此很快被时人谱曲而广为传唱，并被改名为《渭城曲》或《阳关曲》。中唐诗人刘禹锡因此有"旧人唯有何戡在，更与殷勤唱渭城"（《与歌者何戡》）之句。后人又将此诗改编为《阳关三叠》，发展到清朝，甚至有五叠、六叠直至九叠之作。这些改编基本都是在原诗中增添前引、补尾、衬词、虚字，或在中间增加若干煽情之句，但万变不离其宗，总是围绕王维原诗来展开音乐的旋律和节奏。如吴肃森在《论王维诗歌的音乐美学特质》一文中曾说："在这首古曲《阳关三叠》中，主要表现出诗歌的形象、色彩、感情等与音乐的声音、节奏、旋律等流动形态融为一体，并产生了宏纤急缓的变化，这就造成了诗歌与音乐相结合的同步律动美。这首乐诗，三叠中共换拍30余次，大部是低而急的小调式节奏，最易激起人们抑郁凄清的心情。它通过诗句与乐句的密切结合，串联了不少表现诗情的意象，由单旋律升华为'交响性的织体旋律'，增强了诗歌与音乐的内在连贯性。"于此可见，王维诗借助音乐而传播古今的巨大影响力。王维诗如果不具音乐性，不适合做歌词，那么还能有此艺术效果吗？王维诗成了《阳关三叠》乐曲的意境与灵魂，同时，乐曲的广为流传也有助于王维诗传之不朽。其实，何止是王维诗，那无数的唐声诗，无不是音乐文学的生动展示。唐代的音乐文学是中国文学史的一部分，同时也是中国艺术史的重要组成部分。音乐是诗歌的血脉，信然。

又如，白居易的《长恨歌》（相关曲谱见本书第96页），对现代音乐创作也有巨大影响。1932年夏秋时节，音乐家黄自与词人韦瀚章合作，在白居易的《长恨歌》的基础上，开始了中国历史上第一部清唱剧《长恨歌》的构思和创作。不过，《长恨歌》原计划为十个乐章，但当时只完成了七个乐章，其中第四、七、九乐章因故未完成，后由黄自弟子林声翕教授补遗完成。不过，黄自所作的七个乐章已基本上体现了全曲的精神。此曲除继承原作李、杨爱情主题传统外，更着重描述唐安史之乱，叛军大举犯京，但宫廷仍是灯红酒绿、歌舞升平。作者运用诗歌传统的比兴艺术，暗讽国民党政权在九一八事变后，对日本侵略者奉行不抵抗主义。于此可见，黄自对国民党政府不抵抗主义的不满与批判。

清唱剧《长恨歌》取原诗之句作了十个小标题，如下：

一、仙乐风飘处处闻；

二、七月七日长生殿；

三、渔阳鼙鼓动地来；

四、惊破霓裳羽衣曲；

五、六军不发无奈何；

六、宛（婉）转蛾眉马前死；

七、夜雨闻铃肠断声；

八、山在虚无缥缈间；

九、西宫南内多秋草；

十、此恨绵绵无绝期。

此清唱剧的音乐，从标题、构思到情节发展的主要脉络无不来自白居易的原作。所以说，文学是音乐的灵魂，千真万确。

再如，现代诗人刘半农的白话诗《教我如何不想她》：

天上飘着些微云，
地上吹着些微风。
啊！
微风吹动了我头发，
教我如何不想她？

月光恋爱着海洋，
海洋恋爱着月光。
啊！
这般蜜也似的银夜，
教我如何不想她？

水面落花慢慢流，
水底鱼儿慢慢游。
啊！
燕子你说些什么话？

教我如何不想她?

枯树在冷风里摇,
野火在暮色中烧。
啊!
西天还有些儿残霞,
教我如何不想她?

这首诗是刘半农留学英国时写于伦敦的,时间是1920年9月4日。诗人改造和发展了中国诗歌的传统手法,以天涯游子的口吻,抒写了对青春少女的思念。该诗表面上似是一首情诗,实际却表达了诗人在遥远的海外对祖国母亲那无限深情的眷恋。该诗诗情缠绵细腻,风格清新流畅,音调如歌如诉,吟诵时朗朗上口,铿锵和鸣,宫商迭奏,犹如天籁之音。赵元任看中了这首诗的语言音乐特点,把它谱成了歌,诗与音乐完美融合,诗中有乐,乐中有诗。于是,这首歌曲"不胫而走",成了人人传唱的现代歌曲之经典。

现在再来看西方的有关事例。

比如，德国著名思想家、诗人、剧作家歌德（1749—1832），他的抒情诗优美典雅，是德国诗歌之瑰宝。他的诗剧《浮士德》长达一万多行，反映了当时欧洲的人文精神。他担任魏玛公国的枢密顾问时，许多文学家、音乐家、艺术家都前往拜谒，向其请教学习，小小的魏玛成了继莱比锡之后的又一文学艺术中心。歌德非常喜欢音乐，酷爱歌曲和歌剧，他在钢琴、大提琴、长笛等乐器演奏方面颇见功力，还曾大力扶持与提携过许多音乐家。1821年，音乐神童门德尔松才12岁，而歌德已是一位受人尊敬的文学大师，比门德尔松大了60岁且地位显赫，但歌德毫不犹豫地邀请年少的门德尔松到家中做客。听这个天才少年演奏钢琴，特别是贝多芬的交响乐，让歌德对贝多芬有了新的理解与感悟。歌德曾为门德尔松写道："我是扫罗，你是大卫，当我悲伤沮丧的时候，来我身边，用你甜美的旋律安抚我的灵魂。"于此可见，音乐对歌德文学格调和境界的提升大有裨益。反过来，歌德的文学作品又常常是古今中外的音乐家创作经典乐曲的题材，贝多芬、舒伯特、李斯特、威尔第、柏辽兹等都曾为歌德的作品谱曲。比如，舒伯特就为歌德的多篇诗歌谱了曲，其中《纺车旁的玛格丽特》就是受歌德诗剧《浮士德》启发而作，后来成为世界经典。

又如贝多芬（1770—1827），他能成为音乐大师，很大程度上归功于其敏锐而深厚的文学解悟力。受家庭因素影响，贝多芬很早就辍学了，但他凭借自己的不懈努力而自学成才。他曾经如饥似渴地阅读了大量世界文学名著，如希腊的荷马史诗、英国莎士比亚的戏剧、法国莫里哀的古典喜剧、德国歌德的经典作品等。无论是诗歌、戏剧还是哲学，他都汲汲以求，广泛阅读，以提高自身的文化素养。文学与哲学，确实对其音乐艺术创作有很大的促进。贝多芬本人很崇拜大文学家歌德，他凭借音乐家的艺术敏感，很快就捕捉到歌德诗歌中那极富节奏感的音乐美，为之感动并加以谱曲，用音乐语言演绎了诗人的心路历程。比如，歌德的《爱格蒙特》，这部史诗般的悲剧写的是16世纪荷兰人民反抗西班牙暴君统治、争取民族独立的故事，其艺术魅力震撼人心。贝多芬与其产生了共鸣，决心把作品中的英雄形象及其悲壮的历史画面用音乐语言来塑造和展现，以体现正义战胜邪恶的雄伟力量。因此，贝多芬为歌德的《爱格蒙特》写了多首曲子，特别是其中的序曲，尤为精彩动人，表现了荷兰人受压迫、奋起斗争直至胜利的宏伟历史画面。该剧的主人公爱格蒙特在战斗中不幸殉难。英雄之死对个人来说是悲剧，却为民族与国家带来了胜利与自由。歌德的乐观英雄主义精神激励了音乐家，贝多芬运用波翻浪涌的铺排与反复倾诉，使序曲成为整部音乐戏剧结构展开的中心，鲜明地塑造了爱格蒙特的英雄形象。贝多芬传之不朽的乐曲，是他用笔蘸着心中的血谱出来的，故无不鲜活而动人心弦。贝多芬的艺术成功与文学家歌德大有关系，贝多芬曾说过："歌德的诗使我幸福。"他又曾谈及对歌德诗歌的感悟，说："歌德的诗对我有着巨大的吸引力，这不仅是由于它的内容，而且也是由于它的节奏的缘故，这种语言刺激我去作曲。要知道，它本身就构成了高阶的秩序……这秩序本身就具有和谐的神秘性。"从歌德与贝多芬的交往中，我们可以清楚地看到文学与音乐的双向交流与互促共进。其实，何止是歌德的诗，许多优秀的文学，都是贝多芬努力学习的对象。如德国诗人席勒的诗歌《欢乐颂》，就被贝多芬引进他创作的《第九交响曲》中，构成末章的主要部分。席勒的原作歌颂了友爱和自由，认为有欢乐的地方就有自由和友爱。贝多芬的《第九交响曲》在原作诗歌的基础上，又有新修改和新发展，比原诗更丰富、深刻、进步。该曲肯定了只有通过艰苦斗争才能获得新的自由、欢乐和幸福这一思想，并通过具体而生动的音乐语言和意象将其完美地展现了出来。1824年5月7日，贝多芬《第九交响曲》在奥地利首都维也纳举行了首演，获得了空前的成功。据罗曼·罗兰《贝多芬传》载，当时"情况之热烈，几乎含有暴动的性质。当贝多芬出场时，受到群众五次鼓掌的欢迎；在如此讲究礼节的国家，对皇族的出场，习惯也只用三次的鼓掌礼。因此警察不得不出面干涉"。《欢乐颂》的独唱与合唱，把交响乐的演出推向了顶峰。这一艺术创举，是文学与音乐双方交流互动的完美"联姻"典范。

文学与音乐"联姻"之例，不胜枚举。如钢琴大师李斯特，经常结交大文豪，如雨果、海涅、拉马丁等，和雨果的关系尤为密切。李斯特和雨果，两人具有相似的人道主义思想，追求自由、平等与博爱。在艺术上，两人都重视创新。只要在演出之前有机会，李斯特就会先将其音乐作品弹奏给雨果听，并请雨果提意见、谈感受以供其参考改进；雨果的许多文学作品，也经常在未发表前就给李斯特阅读欣赏。李斯特的一些乐曲是根据雨果的文学作品创作的；雨果的一些诗，也是在李斯特音乐旋律的流淌冲击中得到灵感写成的。又如，意大利作曲家威尔第，曾根据法国作家小仲马的小说《茶花女》创作了歌剧《茶花女》中的《饮酒歌》，该曲可谓家喻户晓，传唱至今。这部歌剧的灵感与素材，均来自同名小说，但它又在文学原作的基础上有了新的飞跃。小说作者小仲马曾慨叹道："五十年后，也许谁也记不起我的小说《茶花女》了，但威尔第却使它成为不朽。"

综上所述，古今中外艺术的事例无不说明了文学与音乐之间双向交流、互促共进甚至融合新生的内在关系。创作或阅读欣赏诗词时，我们千万不可忘记其本身所具有的内在音乐美。在"长歌曼吟"中获得新的审美感受,既娱乐身心,增进理解,又提高审美文化修养,何乐而不为呢?

(文载中华诗词研究院、复旦大学中文系编《第三届中华诗词古今演变研究学术研讨会论文集》上册)

唐诗宋词吟唱三法

唐诗宋词是中国古典诗歌的精华，其中许多经典作品在古代原本就与吟唱紧密结合，在其音乐传播过程中又日益增添了文学的艺术光彩。读唐诗宋词，如果仅是伏几案作文字阅读，那么就把诗词的审美享受丢掉了一大半。边读、边吟、边唱，则会自在音节中见神气，在读诗词时体味到无穷的乐趣。

唐诗宋词的诵读、吟唱，是文学与音乐的艺术"联姻"，是诗词作品音乐性的一种表现，可大致分为三种类型：一是近乎话剧演员演说台词的朗诵法。朗诵者首先需要正确理解作品内容及其核心情感所在,然后分出轻重缓急,清楚何处该强调,何处该弱化,何处该急读,何处该缓读,以便突出重点,燃起激情之火。这样朗诵诗词,自然热情洋溢、抑扬顿挫,更能准确地传达诗的主旨及情绪。二是吟咏,也称"吟唱"或"长吟曼唱"。吟咏者多为学人,熟悉诗词的内在韵律,所以会根据诗词的内容、情绪、格律及意境细加品味,曼声长吟,似诵非诵,似歌非歌,其中自有曲调。但这种吟咏一般旋律简单,一二乐句可作多次反复吟唱,其变化处只是根据平仄不同及情感需求而略加调制而已,所以难以求之一律。此吟咏音调起伏不大,高低音落差一般在一个八度左右,因而易学易唱。三是正式的歌唱。这类诗词乐谱多由音乐家来创作完成,因而在艺术上愈趋完善。如由歌唱家演唱,则效果更佳,会产生更大的感情冲击力。但这类歌唱艺术要求较高,并非人人能够实现。比较而言,诵读和吟咏简易可行,考虑的更多是文学语言中的音乐性因素,即四声、平仄、韵律、格调变化等,也自有其面貌特点。这三种方法虽各有不同,但一样适用于抒情达意,展示意境,表现神气,人们可根据自身条件和兴趣所在,加以选择而不必拘一律,甚至还可以用戏曲道白的韵律来加以修饰。如明末清初桐城学者方文曾登南京凤凰台，吟李白《登金陵凤凰台》云："凤凰台上一个凤凰游，而今凤去耶台空耶江水流。"曼声长吟，且咏且拍。徐一士在《一士谭荟》一书中曾评价道："其'一个''而今'为衬字，'耶''耶'为垫音，固与唱戏大相类似；'且咏且拍'，又有哼戏之神气。"唐诗宋词的吟唱三法，关键在于灵活以音节传神气。

三法之中，朗诵因人的学养及理解不同而千差万别，此处不再举例。吟咏和歌唱则从羊列荣编《诗书薪火——复旦大学中文系教授荣休纪念文丛·蒋凡卷》（上海古籍出版社，2006年）中的《中国古代文学与音乐》一文中摘录若干唐诗宋词曲谱，并略加提示说明。

唐宋音属中古音系，四声是平上去入，该四声与今天普通话的阴平、阳平、上声、去声的四声不同。前人有一首介绍中古四声特点的诗，云："平声平道莫低昂，上声高呼猛烈强，去声分明哀远道（一作'直送远'），入声短促急收藏（一作'急收场'）。"如《春晓》（相关曲谱见本书第78页）一诗，"觉""落"为入声字，其声急促短煞，吟唱时应强调突出，才能更好地传达神气。

作为音乐的门外汉，我在吟唱唐诗宋词时遵循三个原则：一是依诗词声调而行，注意平仄、阴阳，特别强调入声字的传神作用；二是体味诗词的情绪气氛及其意境神气，寻找与之相应的曲调旋律；三是按笛循声，这样谱曲好唱、好听。谱《凉州词》（相关曲谱见本书第76页），属歌曲创作，改编时首先想到的是意境需要。"黄河远上白云间"，我理解的是从黄河下游往上游看，河水穿越无边无际的沙漠戈壁，一直延伸至天上银河，意境寥廓深远。因此，乐曲应以慢速、悠扬的节律来展现。如果换成李白《将进酒》的"黄河之水天上来"，意境则是黄河从天而降，一泻千里，气吞万里，气势惊心动魄，非贝多芬《英雄交响曲》似的曲调节奏不足以表达。意境不同，则谱曲自然有异。另外，玉门关的"玉"是入声字，入声短促急收，因而唱"玉"字时，应煞断有力，乐谱中以休止符来表达。还有，最后一个乐句，旋律突然翻高八度收束，这是传情达意的音乐诉求。玉门关在我国甘肃，并非真是"春风不度"，有学者认为后两句实为暗讽唐玄宗穷兵黩武，不恤守边将士，犹如春日不照边关一般。此乐句情绪原似低沉，但诗人在艰难困苦中仍然奋发报国，积极进取，这体现了一种积极的时代精神，因而乐曲以翻高八度作结；也表现了守边将士在困境中仍然忠于职守、保家卫国，其激昂的爱国精神在高八度的高亢声中得以尽情地展现。

2004年5月中旬，我与我国台湾师范大学的王更生教授同赴韩国大邱，参加启明大学建校五十周年大典。途中我喜听更生前辈用河南民间小调吟唱李绅《悯农》（更生先生原籍河南），后追忆记其谱而略加改编，将此曲化为一人领唱而众人齐唱的形式，犹如今之劳动号子，抒发情感，效果尤佳。（相关曲谱见本书第94页。）

如：晚唐杜牧《赤壁》诗谱（相关曲谱见本书第102页），有学者考究，此谱在清末民初时已流传于闽南泉州地区。在原谱基础上稍加变化，处理好平起或仄起等问题，即可用闽南方言吟唱近体绝句。此诗若用闽南话吟唱，韵味尤佳，"折戟"之"戟"与"铜雀"之"雀"皆为入声字，应在节奏及力度上予以强调。

又如：杜牧《清明》诗的曲谱（相关曲谱见本书第100页），前人吟唱重在"路上行人欲断魂"，故多低回曼吟，表现其遭雨时狼狈之态。我谱曲时则着重改后两句，路上淋雨固然不爽，但前路有杏花村酒家，希望在前，不久即可在雨中饮酒赏花，另有一番景象，可称苦中有乐。故后两句改为高昂明朗之调，而一洗伤春之态。这是寄理想于未来的另一理解。

　　古称"诗庄词媚"，此为大概。林逋是北宋隐逸雅士，终身未娶而"梅妻鹤子"，似不食人间烟火的世外高人，但读下文一词则见其真实的另一面。这首《长相思》切题立意，风致宛然，蕴含着缕缕春情别恨。曲谱昆曲味浓，悠扬典雅之中又兼有民歌之风，似在如诗如画的青山绿水中反复踏歌，曲调回旋跌宕，情深韵美，清新流畅，给人以美的享受。

长相思

（林逋词）

1=D（吟诵式，深情的）

华文漪 演唱谱

(6· 1 5 3 2 | 1 3 5 2 3 1 | 6· 5 6 -) | 3 5 6 6 - | 5 6 ⌵3 3 - |
　　　　　　　　　　　　　　　　　　　　　　　　　　　　吴　山　青，　越　山　青，

2·3 1 6 | 6 6 5 3 | 3 2 1 2 - | 1·2 5 3 | 2 2 3 1 6 | 6· ⌵1 7 6 - |
两　岸　青　山　相　送　迎，　谁　知　离　别　　　情。

6 1 2 3 2 | 2 - | 1 3 2 1 6 | 6 - | 5·1 6 5 3 | 2 3 5 | 3 2 3 1 | 2 - |
君　泪　盈，　妾　泪　盈，　罗　带　同　心　结　未　成，

5· 3 2 | 1 3 5 2 3 1 6 | 6 - | 6· 1 3 5 6 | 6 - ‖
江　头　潮　已　平。　潮　已　平。

结句"江头潮已平"描绘潮涨船开,渐行渐远,滔滔江水中寓有无尽的离愁别恨。最后,低回音调突然翻高上行,把情绪推向高潮,别有一番情致。

再如:苏轼词《水调歌头·明月几时有》民国旧谱,我年轻时在故乡泉州,此曲传唱甚广,不知何人所作,现凭记忆写谱。(相关曲谱见本书第142页。)

同一首苏轼《水调歌头·明月几时有》(相关曲谱见本书第142页至146页),因谱曲手段不同、理解各异而风格、情调略有变化。前者民国旧曲是歌曲写法,旋律简洁流畅,风格明净高雅,旷达中透露出几丝悲慨、几缕哀愁。后者则为传统昆曲,曲调高雅华美,风格悲怆慷慨。起句即有顿挫而多变化,给人以追魂夺魄的心灵震颤。演唱者如能在耍腔及气息的强弱吞吐方面加以控制变化,在节奏力度上有会心体悟,则在拓展词的意境描绘方面必获更大的艺术成功。程曦吟谱的苏轼《水调歌头·明月几时有》,则借鉴京韵鼓书一类的曲艺艺术,边说边唱,旋律曲调跌宕起伏，节奏力度、气息控制也多巧妙变化，情调凄怆而催人泪下。同一首东坡词，运用不同艺术手段，可产生不同的效果，值得人们细心品味体悟。

宋词旧曲除姜夔自度曲外，多已失传。姜夔号白石道人，南宋著名词人、音乐家。这里选录的《暗香》（相关曲谱见本书第148页）曲谱，是其自度曲中的杰作。他用宋代通行的俗字谱在词句旁边标记音调，其记谱法与后世工尺谱相似而又不同。《暗香》《疏影》前有自序云："辛亥之冬，予载雪诣石湖。止既月，授简索句，且征新声，作此两曲。石湖把玩不已，使工妓隶习之，音节谐婉，乃名之曰《暗香》《疏影》。"此曲融俗入雅，既有雅乐的典正雅丽，又兼俗乐之婉转流畅。也就是说，此曲既避免了庙堂正乐的典重呆滞，又不见俗乐的轻艳动荡，是一首成功的文人雅士创新之乐。词分上下两阕，姜夔采用了换头、换尾法，但上下两阕之间又以宫音式的"2-1-"相续相接，过渡自然。曲调句式及其结构变化较多，既适合词作内容的情感需要，又为音乐增添了生命活力。如"$\dot{3}$-5-"的"香冷"二音，突然下跌六度，描绘了在寒冷风雪中梅花暗香浮动的高贵品格。曲中2、1是宫调式的主音，但同时又巧妙运用雅乐中的3、4、7、1等半音阶，如"$\dot{1}$ 3-7 6 5.$\underline{6}$ 4-3-"这种近乎古人所称的"变徵之声"，不协和音产生了不稳定感，如此转折跌宕，使得乐曲低回顿挫，催人泪下。此曲写梅寓人，人梅合一，足见作者风霜高洁的文人傲骨，感情形象鲜明如画，听后催人泪下。

（文载李岩主编《文史知识》2007年第9期，中华书局）

蒋凡吟谱

中国古典诗文辞赋五十首

赏 析

关 雎

(《诗经》)

1=D 2/4　　　　　　　　　　　　　　　　　　　　蒋　凡　吟谱
慢速吟唱　　　　　　　　　　　　　　　　　　　　潘志芸　校译

5 5 | 6 6·6 - | 5· 1 | 6 6 653 3 - | 0 0 2 2 | 5 23 3 - | 1· 61 |
关关雎鸠，　　在　河之洲。　　　　　　窈窕淑女，　君 子

6 653 3 - | 0 0 6 6 6 6 | 0 0 1 653 3 - | 2 2 5 23 3 | 1· 61 |
好逑。　　　参差荇菜，　左右流之。　窈窕淑女，　寤寐

6 653 3 - | 0 0 2 2 2 | 5 5 0 0 5 3 2 | 216 6 - | 0 0 1· 61 | 6 56 |
求之。　　　求之 不得，寤寐思服。　　悠哉 悠哉，

6 - | 1 61 | 6 653 3 - | 0 0 6 6 6 6 | 0 0 1 653 3 - | 0 0 2 2 |
辗转 反侧。　　　参差荇菜，　左右采之。　　窈窕

5 23 3 - | 1· 61 | 6 653 3 - | 0 0 6 6 6 6 | 0 0 1 653 3 - |
淑女，　　琴瑟 友之。　　　参差荇菜，　左右芼之。

0 0 1· 61 | 6 653 3 - | 0 0 2 216 | 0 5 6 6 - ‖
窈 窕 淑女，　　　　钟鼓　乐之。

关 雎
(《诗经》)

按 /

《诗经》古称《诗》,是我国古代最早的一部诗歌总集,其中《关雎》为开篇之作。《关雎》原是一首民间爱情诗,后经王官采诗献于王庭,经太师整理入乐,化为符合周礼的新婚迎亲曲。周时礼乐制度,诗、礼、乐合一。我们在吟唱《关雎》时,既要体现民歌的热情,又须展现庙堂礼乐的雅致,力求两者完美结合,才能真正表现其精神风韵。从追求恋人失败时的"辗转反侧",经历男女相爱的"琴瑟友之"阶段,到最后迎亲典礼时的"钟鼓乐之",跌宕起伏,传达出哀而不伤、乐而不淫的绵绵情思。

黍 离
(《诗经》)

蒋 凡 吟谱
潘志芸 校译

1=D 2/4
慢速，悲慨

6 5 6 6· 6· 1 | 6 6̂5̂3̂ 3 - | 2 2 3 3· 3 - | 3 3 2· 3 | 2 2̂1̂6̂ 6 - |

彼黍离离，彼 稷之苗。 行迈靡靡， 中心摇 摇。
彼黍离离，彼 稷之穗。 行迈靡靡， 中心如 醉。
彼黍离离，彼 稷之实。 行迈靡靡， 中心如 噎。

‖: 1· 6 1 | 6 6̂5̂ 6 6· | 6 6̂5̂3 | 3 2̂6̂ 1 1· |

知 我 者，谓 我 心忧； 不 知 我 者， 谓 我 何求？
知 我 者，谓 我 心忧； 不 知 我 者， 谓 我 何求？
知 我 者，谓 我 心忧； 不 知 我 者， 谓 我 何求？

6 6 6 6· 6 3̂5̂ 6 5̂3̂ 3 - | 2 2 3 3· 3 2̂3̂2̂ 2 2̂1̂6̂ 6 - :‖

悠悠苍天，此何 人哉？ 悠悠苍天，此何 人哉？
悠悠苍天，此何 人哉？ 悠悠苍天，此何 人哉？
悠悠苍天，此何 人哉？ 悠悠苍天，此何 人哉？

黍　离
（《诗经》）

按 /

本篇见于《王风》。王风，广义上可认为是王畿民歌。王畿，东周时期指洛邑及其周围由周王直接统治的区域。据《毛诗序》记载，该诗为周大夫叹西周王朝沦丧之作。作者究竟是大夫还是一般士人和百姓，待考。但是，平王东迁，家国飘荡的形势是可以确定的。诗中描绘了国亡家破的乱离悲情，真切无疑，感动古今。"悠悠苍天，此何人哉？"难舍的旧乡故国亲情，在呼天抢地的恸哭中，字字垂泪，声声泣血，后人歌之，能无悲乎！这也是吟唱者应准确把握的情绪尺度。

东山（节录）

（《诗经》）

蒋　凡　吟谱
潘志芸　校译

1=D 2/4
慢速沉痛

5 1̇ | 6̂3̂5̂ 5̇ 5 - | 6· 6̣ 6 3 | 5 1̇ | 6̂3̂5̂ 5̇ 5 - | 6 3̇ | 2̂6̂1̂ 1̇ 1̇ - | 5 1̇ |

我徂东　山，　慆慆不归。我来自　东，　零雨其　濛。　我东
我徂东　山，　慆慆不归。我来自　东，　零雨其　濛。　果赢

5 6 | 6 6 6 6 | 3 5 3 5 | 3 5 6 6 | 6 6 0 3 5 0 | 6 5 6 3 | 5 1̇ |

曰归，我心西悲。制彼裳衣，勿士行枚。蜎蜎　者蠋，烝在桑野。敦彼
之实，亦施于宇。伊威在室，蟏蛸在户。町畽　鹿场，熠燿宵行。不可

（慢）　　　　　　　　　　　　　　　　　　（更慢）
6̂3̂5̂ 5 0 | 6 3̇ | 2̂6̂1̂ 0 | 6 5 6̂5̂3̂ | 3 - | 3 3 2 | 2 1 6̣ | 6̂·6̂ 6 - ‖

独　宿，亦在车　下。亦在车　下。亦在车　下。
畏　也，伊可怀　也。伊可怀　也。伊可怀　也。

东 山（节录）

（《诗经》）

按／

本篇见于《豳风》。豳地，据说是周朝先祖公刘的发祥地，在今陕西旬邑西。诗写周公东征之事，以一位普通战士的视角细腻地描绘了其渴望早日还乡、过上和平生活的心理。"我来自东，零雨其濛。"应在歌吟中传达出还家途中细雨蒙蒙时的凄凉之感，以见诗人对于故乡和平生活的思念。

庄子·逍遥游（节录）

北冥有鱼，其名为鲲。鲲之大，不知其几千里也；化而为鸟，其名为鹏。鹏之背，不知其几千里也；怒而飞，其翼若垂天之云。是鸟也，海运则将徙于南冥。南冥者，天池也。

《齐谐》者，志怪者也。《谐》之言曰："鹏之徙于南冥也，水击三千里，抟扶摇而上者九万里，去以六月息者也。"野马也，尘埃也，生物之以息相吹也。天之苍苍，其正色邪？其远而无所至极邪？其视下也，亦若是则已矣。

庄子·逍遥游（节录）

按 /

《庄子》为庄子及后代学生的著作总集，其言汪洋恣肆，诡谲瑰玮，绚烂多变，富于浪漫色彩。其中的《逍遥游》更是名篇中之名篇，经典中之经典。

庄子名周，是战国时道家思想的代表人物。现传本《庄子》三十三篇，以《逍遥游》开篇。庄子主张通过"坐忘"，做到齐物我，齐是非，齐大小，齐生死，齐贵贱，达到"天地与我并生，而万物与我为一"（《齐物论》）的主观精神境界。这里节录的《逍遥游》第一段，以"逍遥"借喻于鲲鹏，取其闲适不拘而怡然逍遥，认为物之大小不一，但是只要"物任其性"，则皆可自由逍遥。这段文字描绘大鹏腾飞南海，"其翼若垂天之云""水击三千里，抟扶摇而上者九万里"，声势浩大而一往无前，极尽浪漫夸张之能事，令人魂飞魄动而心向往之。吟诵者应注意一般叙述句的低平调，气息放松而平稳；当突出大鹏腾飞变化时，应加以强调，以达高潮，从而形成高扬与低平声调气息的强烈艺术对比。适当改变节奏和力度，效果尤佳。

九歌·国殇

1=♭E 2/4

3 5 | 6 6· 6 6 6 5 3 | 3 - | 2 1 2 | 3 0 3 2 1 | 1 - | 6 5 6 6· 6 6 5 3 | 3 - |
操吴戈兮　　　被犀　甲，　车错毂兮

2 1 2 | 3 0 3 2 1 | 6 6· 3 | 5 6 0 6 6 6 5 3 | 3 - | 3 0 2 1 | 1 2· 3 2 1 | 1 6̣ 1 |
短兵　接。　　旌蔽日兮　　　敌若　云，　矢交

2 2· | 3 2 1 2 | 2 1 6̣ 6̣ | 5 6 5 1̇ 6 | 6 - | 3 5 6 6· 6 5 3 | 3 2 1 2 | 3 3 2 1 | 1 - |
坠兮　　　士争　先。凌余阵兮　　　躐余　行，

6̣ 1 2 2 | 3 2 1 2 | 3 0 2 1 | 2 2 1 6̣ 6̣ | 6̣ - | 0 2 1 2 | 3 0 3 | 1 2 5̰ 3 | 0 3 2 1 |
左骖殪兮　　　右刃　伤。　　霾两轮兮 絷四 马，援玉枹

2 0 3 | 2 1 1 2 | 6 5 6 6 | 6 - | 0 1̇ 3 5 | 6 6· 6 1 | 2 2 | 2 - | 3 2 1 1 2· |
兮　击鸣　鼓。天时怼兮　　　威灵　怒，严杀尽兮　　弃原　野。

3 5 | 6 0 6 6 | 6 - | 6 5 3 3 2 1 2 | 3 3 2 1 | 6̣ - | 6̣ 1 2 2 | 2 - | 3 0 2 1 |
出不入　兮　　　往不　反，　　平原忽兮　　路超

2 2 1 6̣ 6̣ | 6̣ - | 6̣ 1̇ | 3 6 5 6 5 3 3 | 2 1 2 | 3 - | 6̣ 1 2 2 | 3 2 1 2 | 2 2 1 |
远。　　带长剑兮　　　挟秦　弓，首身离兮　　　心不

1 2· | 2 1 6̣ 6̣ | 3 5 6 6· 6 | 6 - | 6̣ 1 | 3 6 5 6· | 6 5 3 3 | 6̣ 1 2 2 | 2 - | 3 2 1 |
惩。　诚既勇兮　　又以　武，　　终刚强兮　　　不可

1 2· | 2 1 6̣ 6̣ | 3 5 6 6· 6 | 6 - | 6 5 3 3 | 2 1 2 | 2 3 2 1 | 1 - | 6̣ 1 2 2 |
凌。　身既死兮　　　神以　灵，　子魂魄兮

2 3 2 1 | 2 - | 3 2 1 1 2 | 3 2 1 6̣ | 6̣ - | 3 5 6 6· | 6̣ 1 3 5 | 1̇ 6· | 6 5 3 3 |
　为鬼　雄。　　子魂魄兮 为鬼　雄。

2 3 | 2 1 | 1 2· | 3 2 1 | 6̣ | 6̣ - ‖
为　鬼　雄。

九歌·国殇

（屈　原）

按 /

屈原是战国时期楚国的爱国诗人，其所作之楚辞，著名的诗篇除《离骚》之外，还有《九章》《九歌》及《天问》等，都是流芳千古的经典文学作品。《国殇》是《九歌》中的重要诗篇，是屈原根据楚国民歌而改写的悲壮颂歌，以颂悼为国捐躯的将士，抒发了作者热爱祖国的高尚情感。"国殇"，汉代王逸《楚辞章句》中说是"谓死于国事者"，主题明确。《国殇》生动地描绘了战场搏杀的场面，犹如琵琶乐曲《十面埋伏》，声势浩大，"严杀尽兮弃原野"，尸横遍地，鬼哭啾啾，一片苍凉肃杀的景象。但字里行间并没有消沉之感，诗中"终刚强兮不可凌""子魂魄兮为鬼雄"，体现了为国献身的将士们人虽死亡但魂魄永存，继续捍卫祖国的无所畏惧的精神。"楚虽三户，亡秦必楚"，《史记》所言继承了屈原的爱国思想。因此，吟唱与演奏时要考虑诗人那积极浪漫的悲壮心境。

芜城歌

（鲍照《芜城赋》）

蒋 凡 吟谱
潘志芸 校译

1=G 2/4
曲笛伴奏 慢速，苍凉悲慨

6 6 | 5 4 3 3 - | 5 3 5 1 7 6 - | 6 2 1 2 3 0 3 3 - | 5 6 5 3 2 | 1 2 7 6 6 - |
边风急兮　　城上寒，井径灭兮　　丘　陇　残。

3 3 | 2 - | 2 3 2 1 2 | $\overset{54}{3}$ 3 - | 5 4 3 2 1 - | 1̇ 5 3 6 - | 2 3 2 1 2 | $\overset{32}{3}$ 3 - | 6 2 |
千龄兮　万　　代，共尽兮，共尽兮　何　言。何

1 2 7̣ 6̣ | 6̣ - | 0 3 5 6 | 2̇ 3̇ 1̇ | 1̇ 6 - | 6̂ - ‖
言。　　　共尽兮何　言。

芜城歌
（鲍　照）

按 /

　　鲍照的《芜城赋》是六朝时期优秀的抒情小赋，描绘了昔日繁华的广陵（今扬州），历经战火，而今一片荒芜。作者不禁悲从中来，于是以诗作结，慨然而浩叹。作者陈述历史，叩问上苍，实际上是在叩问人的生死大事，从另一侧面追求人生价值，可谓意在言外，用心良苦。

春江花月夜

1 = G 2/4

5 1 2 | 32 12 3 | 3 1 2 2 | 3 2 1 | 3 5 3 32 | 1 2 3 0 | 6 1 2 2 |
春江潮水连海 平，海上明月共潮生。滟滟随波 千万里，何处春江

3 2 1 | 3 5 3 32 | 1 2 3 | 6 1 2 2 | 3 2 1 0 | 3 5 3 32 | 1 2 3 |
无月明。江流宛转 绕芳甸，月照花林皆似霰。空里流霜 不觉 飞，

6 1 2 2 | 3 2 1 | 3 5 3 32 | 1 2 3 | 6 1 2 2 | 3 2 1 | 3 5 3 32 |
汀上白沙看不见。江天一色 无纤 尘，皎皎空中孤月轮。江畔何人

1 1 2 3 0 | 6 1 2 2 | 3 2 1 | 3 5 3 32 | 1 2 3 | 6 1 2 2 | 3 2 1 |
初见 月？江月何年初照人？人生代代 无穷 已，江月年年只相似。

3 5 3 32 | 1 2 3 | 6 1 2 2 | 3 2 1 | 6 6 2 2 | 32 12 3 | 3 1 2 2 |
不知江月 待何 人，但见长江送流水。白云一片去悠 悠，青枫浦上

3 2 1 | 3 5 3 32 | 1 2 3 | 6 1 2 2 | 3 2 1 | 3 5 3 32 | 1 2 3 |
不胜愁。谁家今夜 扁舟 子？何处相思明月楼？可怜楼上 月裴 回，

6 1 2 2 | 3 2 1 | 3 5 3 32 | 1 2 3 | 6 1 2 2 | 3 2 1 | 3 5 3 32 |
应照离人妆镜台。玉户帘中 卷不 去，捣衣砧上拂还来。此时相望

1 2 3 | 6 1 2 2 | 3 2 1 | 3 5 3 32 | 1 2 3 | 6 1 2 2 | 3 2 1 |
不相 闻，愿逐月华流照君。鸿雁长飞 光不 度，鱼龙潜跃水成文。

6 6 2 2 | 32 12 3 | 3 1 2 2 | 3 2 1 | 3 5 3 32 | 1 2 3 | 6 1 2 2 |
昨夜闲潭梦落 花，可怜春半不还家。江水流春 去欲尽，江潭落月

3 2 1 | 3 5 3 32 | 1 2 3 | 6 1 2 2 | 3 2 1 | 3 5 3 32 | 1 2 3 |
复西斜。斜月沉沉 藏海雾，碣石潇湘无限路。不知乘月 几人 归，

6 1 2 2 | 3 2 1 ‖
落月摇情满江树。

春江花月夜

（张若虚）

按 /

张若虚，初唐诗人，扬州人，与贺知章、张旭、包融齐名，并称"吴中四士"。在《全唐诗》中，他仅存诗两首。这首《春江花月夜》被誉为"诗中的诗，顶峰上的顶峰"。《春江花月夜》原是乐府《清商曲辞》中的《吴声歌曲》名，相传为南朝陈后主所作。张若虚的诗，则化为"宫体诗的自赎"（闻一多语），突破了齐梁宫体的藩篱，开创出健康清丽、明净高洁的意境。全诗风格清新，情景交融，境界向上，让人耳目一新。诗如标题所示，写春、江、花、月、夜诸景色，重点在写月，并以月的意象为发展线索，从月生海上到落月西斜，在皎洁夜月的辉照下，处处美景，种种心思，无不楚楚动人。突出的是，离情别绪中人们相思相念的亲情，可谓景中有人。可贵的是，在淡淡的哀愁中，又透露出深邃的人生哲理；在展现自然美时，又表现出对青春年华及美好生活的积极追求。此诗音律谐婉流畅，四句一韵，共换九韵，平仄相互交叉转韵，体现了高低有序、抑扬有节的宫商之美。因此，演唱者应细心体悟该诗的声律抑扬之美，以便引发听者的审美共鸣。

凉州词

蒋 凡 谱曲
潘志芸 校译

1=G 2/4

(5 5 6 1 i i | 3 65 656 6 | 0 3 36 i | 6·5 | 3 5 6 i | 5 -) | 2 i 2 3 | 5 3 2
　　　　　　　　　　　　　　　　　　　　　　　　　　　　　　　　　葡萄　美酒

3 i 2 i | i - | i i 65 | 3·5 | 3 5 6 i | 5 - | 5 5 6 1 i | 3 65 | 656 6 |
夜　光杯，欲饮　琵琶马上　催。醉卧　沙场君莫　笑，

0 3 36 i | 6 5 | 3·5 6 i | 5 - :‖ i i 5 6 1 i | 3 65 | 65 i i | 0 3 36 i | 6 5 |
古来　征战 几人　回？醉卧　沙场君莫笑，　古来　征战

3 5 6 i | 5 - | 2 3 2 i | i · 6 5 ∨ | 3 5 6 i | 5 - ‖
几　人　回？几　人　回？　几　人　回？

（渐慢）（更慢）

凉州词

（王　翰）

按 /

　　王翰，字子羽，晋阳（今山西太原西南）人。景龙进士。因任侠使酒，狂放不羁，贬官仙州别驾、道州司马。诗人气概雄豪，语极明快，音情节奏，跌宕起伏，激动人心。

　　"古来征战几人回？"诗人此问，悲怆中又自显豪气。战火无情，刀枪相搏，生死立见。人们虽不喜欢战争，但为了保家卫国，将士们又必须担当使命，拿起武器，抗击入侵之敌，甚至为国牺牲。此歌结尾处慷慨中有婉转，婉转低回中又见希望之光。

凉州词

1=D 2/4
笛伴奏

蒋 凡 谱曲
潘志芸 校译

(0 6̣ 1 2 | 5 2 3 | 3 - | 3̂2̄1 6̣ 6̣ | 6̣ -) | 5 5 3 5 | 6 - | 6 6̂5̄ 1̇ | 1̇6̄5 3 3· |
　　　　　　　　　　　　　　　　　　　　　　　　黄 河 远 上　　白 云　间，

| 2 0 2 0 | 5 2̄3̄ | 3 - | 2 0 2 1 | 2 - | 2̂1̄6̣ 6̣ | 6̣ - ‖: 1 1 0 | 1 2 3̂5̄6̄ | 5 - |
一 片 孤 城　　万 仞　山。　　　　　　　羌 笛 何 须 怨 杨 柳，

6̣5̣3̣ 3 - | 3 - | 2 2·1̄ | 6̣ 1 0 0 | 3 0 1 2 | 3 3 3̂2̄1 | 6̣ - :‖ 2 2·1̄ | 6̣ 1 0 0 3 |
春 风 不 度　玉　　门 关。　　　　　　春 风 不 度 玉

1 2 3 | 3 - | 3̂ 0 5 6 | 2̇ 3̇ 1̇ | 6̇ - ‖
门 关，　玉　　门　　关。

凉州词
（王之涣）

按 /

王之涣（688—742），字李凌。晋阳（今山西太原西南）人，后徙绛县（今属山西）。唐朝诗人。一生只做过县主簿及县尉之类底层官史，被诬罢官。靳能为他作墓志铭，称其"歌从军，吟出塞……传乎乐章，布在人口"。《凉州词》是其代表作。

吟唱诗词应注重用声音来塑造形象，描绘意境与情绪。此诗首句"黄河远上白云间"与李白"黄河之水天上来"相较，同一黄河，前者意境无限寥廓，后者则气势开张恢宏，曲调自当不同。另，吟唱此诗应注重平仄，特别是注重入声字的应用。古人谓"入声短促急收藏（也作'急收场'）"，入声字若运用得当，其艺术效果如洪钟大鼓叩击胸膛，可引起强烈的心灵震撼。如"春风不度玉门关"之"玉"是入声字，唱时应煞断有力，吟谱以推进休止符加以表达，尽情显露诗人奋发报国的积极进取精神。末句则一改低沉情绪，音调突然翻高，把爱国激情推向了高潮。

春 晓

前 人 吟谱
蒋 凡 改编
潘志芸 校译

1=D 2/4

(6̣ 6· | 5 3 2 3 | 3 2 1 6̣ | 6̣ -) |

6 6· | 6 5 0 0 | ⁶⁵³3 - | 2 0 2 0 | 5 2 3 | 3 2 1 | 6̣ - |
春眠 不觉   晓,   处 处 闻啼鸟。

‖: 5 5 6 6 5 | 1 1 6 5 | ⁵3 - | 2 2 0 5 2 3 | 3 2 1 | 6̣ 6̣ :‖
夜来风雨 声,   花落 知多少。

春 晓
（孟浩然）

按 /

吟唱《春晓》，应特别注意入声字的应用。其中"觉""落"两音休止煞断，则花落思永，晓来味长，愈悟其意境之悠然。诗人爱春、惜春，热爱自然与生命的形象，通过声韵自然跃动于听者眼前。

送元二使安西

1=G 2/4

蒋 凡 谱曲
潘志芸 校译

6 1 2 1 | 6̣ 1 1 - | 3↓ 1 | 2·3 2 | 6·3 2ᵛ6 | 1 - |
渭 城 朝 雨 浥 轻 尘， 客 舍 青 青 柳 色 新。

5 3·⁵₋ | 1̇↓ 6̣·⁵₋ 3 | 1 0 0 2 | 2 - | 2 2·³ 6̣ 1 | 2 3 2ᵛ6 | 1 - |
劝 君 更 尽 一 杯 酒， 西 出 阳 关 无 故 人。

5 3·⁵₋ | 6 6·₋ 3 | 1 0 0 2 | 2 - | 2 2·³ 6̣ 1 | 2 - | 1 - | 1̂ - :‖
劝 君 更 尽 一 杯 酒， 西 出 阳 关 无 故 人。

送元二使安西
（王　维）

按 /

  我曾经到河西走廊尽处寻觅诗中的阳关，眼前除残垣断壁外，只是一望无际的莽莽黄沙。阳关地处偏僻，战火频仍，"古来征战几人回"，信然。诗人的浩叹道出了"西出阳关无故人"的真挚乡情、友情、亲情，此情如此深沉，感天动地，久经传唱。其诗语言婉约，音调凄清，适于歌唱，历经文人雅士、歌伎乐工传唱后进入了千家万户、角角落落。该曲初称《渭城曲》，唐人刘禹锡聆听过，又称《阳关曲》，发展至清，有五叠、六叠直至九叠之作，但以《阳关三叠》最有名。

赠汪伦

前 人 吟谱
蒋 凡 改编
潘志芸 校译

1=G 2/4

(1 2 1 3 | 1 2· | 1 2 1 2 1 6 | 5 -)|

1 6 6· | 1 2· 5 | 3 1 | 2 - | 2 1 6 - | 1 0 6 5 5 | 1 2· | 1 2 1 | 2 6 5 - |
李 白 乘 舟 将 欲 行， 忽 闻 岸 上 踏 歌 声。

X X X X | 5· 3 1 | 2 0 | 2 1 6 - | 1 5 5 | 1 2· | 1 2 1 2 1 2 | 1 6 5 - ‖
桃 花 潭 水 深 千 尺， 不 及 汪 伦 送 我 情。

赠汪沦
（李 白）

按 /

此诗用湖广或西南方言吟唱，效果尤佳。其中，"桃花潭水"四字的方言道白铿锵有力，后紧接"深千尺"三字，其味更足。以"尺"字入声，本该煞断，但音乐旋律发展须延长，所以加换气记号"∨"，略微停顿再加延长音。这是一个行之有效的变通法则，既体现了入声字的特点，又兼顾音乐的旋律之美。

早发白帝城

1=F 2/4

蒋　凡　谱曲
潘志芸　校译

(0 3 2̣3 | 5·6̣ 32 | 1235 2321 | 6̣·5̣ 6̣ -) | 6 6 6 - | (领) 5̇3̇0 3̇3̇5̇ |
　　　　　　　　　　　　　　　　　　　　　　　　朝辞　　白帝　彩云

6 - | (合) 3̇3̇5̇ 6̇ i̇ | 6̇ i̇6̇3̇ 5̇ - ‖ 6̣ 1̣2 | 3 3 | 3 2̣6̣ | 1 1 ‖ (领) 3̇2̇3̇0 2̇ 2̇ |
间，　彩云　　间，彩云　　间。　嗨哟　嗨哟 嗨哟　嗨哟。千里　江陵

2̇ ³̃₇ - | 0 3 1̇2̇ | 1 - | 0 3 1̇2̇ | 1 3̇ | 1̇2̇ | 1 - ‖ 6̣ 1̣2 | 3 3 | 3 2̣6̣ | 1 1 ‖
一日　还，　一日　还，一日 还，一日 还。 嗨哟　嗨哟 嗨哟　嗨哟。

(领) 6̣2̣ 1̣0̣ | 1̣2̣3̣ 3̣ - | ⁵̃3̣0 0 2̣ | 3̣⁴̃ 0 ‖ 6̣ 1̣ 1̣2 | 3̣2̣ 1̣0̣ ‖ 6̣ 1̣2 | 3 3 |
两岸　猿声　啼　不住，　两岸猿声啼不住， 嗨哟　嗨哟

3 2̣6̣ | 1 1 ‖ (领) 3̇2̇3̇ 3̇ - | 0 3̇2̇1̇ 6̣2̣ 1̇2̇ | ᵛ̃1̇6̇5̇ | 3̇6̇5̇ | 3 3̇5̇ | 6̇0 6̇i̇ |
嗨哟　嗨哟。轻舟　　已过万重　山，轻舟已 过万重　山，万

5̇6̇ i̇ | i̇ - | 3̇5̇ 2̇3̇ | 5̇ - | 0 3̇ 2̇6̇ | 1̇ - | 3̇2̇3̇ 3̇ - | 0 3̇2̇ 1̇ 6̣2̣ 1̇2̇ |
重山，　万重山，　万重山。　轻舟　　已过万重

3̇ i̇6̇5̇ | 3̇6̇5̇ 0 | 3 3̇5̇ 6̇ | 6̇i̇ 5̇6̇ | i̇ - | 3̇5̇ 2̇3̇ | 5̇ - | 0 3̇ 2̇6̇ |
山，轻舟已过　万重　山，万重山，　　万重山，　　万重

由强转弱，直至川江号子声音消失
1 3̇ 2̇6̇ | 1 - ‖ 6̣ 1̣2 | 3 3 | 3 2̣6̣ | 1 1 | 6̣ 1̣2 | 3 3 | 3 2̣6̣ | 1 1 ‖
山，万重 山。 嗨哟　嗨哟 嗨哟　嗨哟 嗨哟 嗨哟 嗨哟　嗨哟。

早发白帝城

(李 白)

按 /

  此诗曲谱化用了京剧西皮流水板腔,轻快流畅又不乏气势,表现了舟行三峡的惊险与愉悦。吟唱此诗,如善运用蜀地川剧和川江号子的唱腔来领唱和唱,则音调更具戏剧性,一领唱,众和声,艺术效果颇佳。群众自然的和唱,"嗨哟嗨哟"的呼喊,展现了舟行三峡时惊险动人的场景。川江号子的音调由重而轻,直到小船驶过连绵不绝的万重山峦,进入平缓辽阔的江面后戛然而止。

将进酒

蒋 凡 谱曲
潘志芸 校译

1=F 2/4

(乐谱省略)

君不见,君不见,君不见,黄河之水天上来啊,奔流到海不复回,不复回。君不见高堂明镜悲白发,朝如青丝暮成雪,暮成雪,暮成雪,暮成雪。人生得意须尽欢,莫使金樽空对月。天生我材必有用,千金散尽还复来。烹羊宰牛且为乐,会须一饮三百杯。岑夫子,丹丘生,将进酒,杯莫停。与君歌一曲,请君为我倾耳听。钟鼓馔玉不足贵,但愿长醉不愿醒。古来圣贤皆寂寞,惟有饮者留其名。陈王昔时宴平乐,斗酒十千恣欢谑。主人何为言少钱,径须沽取对君酌。五花马、千金裘,呼儿将出换美酒,与尔同销万古愁。与尔同销万古愁,万古愁,万古愁。

将进酒
（李　白）

按 /

这首诗吟唱时可分为两大段。第一段自开篇至"朝如青丝"句，由一泻千里、气势恢宏的"黄河之水天上来"，想到人生的"朝如青丝暮成雪"，悲从中来。乐调配合情绪变化，高开低行，体现苍凉凄怆之悲。第二段自"人生得意"句直至结束，一浪又一浪地把情绪推向了高潮。但诗人在豪爽的呐喊中又生出了"与尔同销万古愁"之感。须知，人生是一杯苦酒，诗人之愁如东逝的江水，又岂是抽刀能够斩断的？言外之意，又是愁上加愁，怎一个"愁"字了得！雄放激昂声中，又隐约蕴藏了几分悲凉之慨。

客 至

1=G 2/4

原古琴谱
蒋 凡 改编
潘志芸 校译

(6 35 | 6 35 | 332 1212 | 3 - | 5̣ 5̣6 | 2 23 | 5̣ 5̣6 -) | 3·5 35 | 3 21 |
　　　　　　　　　　　　　　　　　　　　　　　　　　　　　　舍　南

3235 30 | 3·2 12 | 3 - | 6̣ 12 | 35̣3 | 1 0 0 1 | 2 - | 1̣6̣ 35 | 6 35 | 23 21 |
舍　北　皆 春　水，但 见 群 鸥 日　日 来。花 径 不 曾 缘　客

6 - | 5̣·6̣ | 2 2 5̣6̣ - | 3·5 35 | 3 5 | 32 12 | 3 - | 6̣ 12 | 3·1 | 1· 1 |
扫，蓬　门　今 始 为 君 开。盘 飧 市 远 无 兼　味，樽 酒 家 贫 只 旧

2 - ‖: 6 35 | 6 35 | 2·3 21 | 6̣ - | 5̣ 5̣6̣ | 2 2 | 5̣· 5̣ | 1̣6̣ - :‖
醅。　肯 与 邻 翁 相　对 饮，隔 篱　呼 取 尽 余 杯。

客 至
（杜 甫）

按 /

　　杜甫经安史之乱，流落蜀中，寄寓成都草堂。当地亲朋甚少，谁人可与交流谈心？其孤寂之情可想而知。适逢春日霖雨不绝，霉湿难熬。因此，偶有客至，当喜不自胜。草堂虽小，但南有阳光而北多阴湿，故"舍南"音乐有两小节，而"舍北"只有一小节，一音长，一音促，可见其感情倾向。又因诗人倾其"旧醅"，热情待客，所以我们吟唱这几句时须亲切，以展现诗人纯朴、真挚的待客之情。

赠卫八处士

1=C 4/4

蒋 凡 谱曲
潘志芸 校译

$\dot{5}$ 1 1 2 | 3 - | 3 1 2 $\dot{7}$ | 1 - | 3 1 3 5 5 | 5 4 3 2 | 1 - | $\dot{5}$ 1 1 2 |
人生不相见， 动如参与商。 今夕复何夕，共此灯烛光。 少壮能几

3 - | 3 1 2 $\dot{7}$ | 1 - | 3 1 3 5 5 | 5 4 3 2 | 1 - | 3 1 3 5 5 | 5 - |
时， 鬓发各已苍。 访旧半为鬼,惊呼热中肠。 访旧半为鬼,惊

4 - | 3 5 2 | 1 - | $\dot{5}$ 1 1 2 | 3 - | 3 1 2 $\dot{7}$ | 1 - | 3 1 3 5 5 | 5 4 3 2 |
呼 热 中肠。 焉知二十载， 重上君子堂。 昔别君未婚， 儿女忽成

1 - | $\dot{5}$ 1 1 2 | 3 - | 3 1 2 $\dot{7}$ | 1 - | 3 1 3 5 5 | 5 - | 5 4 3 2 1 | 3 1 |
行。 怡然敬父执， 问我来何方。 问答乃未已， 驱儿罗酒浆。问答

3 5 5 | 5 4 | 3 5 2 | 1 - | $\dot{5}$ 1 1 2 | 3 - | 3 1 2 $\dot{7}$ | 1 - | 3 1 3 5 5 |
乃未已,儿女罗 酒浆。 夜雨剪春韭， 新炊间黄粱。 主称会面难,

5 4 3 2 | 1 - | $\dot{5}$ 1 1 2 | 3 - | 3 1 2 $\dot{7}$ | 1 - | 3 1 3 5 5 | 5 4 3 2 1 |
一举累十觞。 十觞亦不醉， 感子故意长。 明日隔山岳,世事两茫茫。

3 1 | 3 5 5 | 5 - | 4 - | 3 5 2 | 1 - ‖
明 日 隔 山 岳, 世 事 两 茫 茫。

赠卫八处士
（杜　甫）

按 /

　　诗写友情，真挚、热烈又深沉。"昔别君未婚""驱儿罗酒浆"，真切如画，似在眼前。"驱儿"，一本作"儿女"，此加以重复，两本兼之，似乎更合理、生动。吟唱节奏，可根据自我体悟加以变化。如"惊呼热中肠""世事两茫茫"，音调可自然延长，苍凉中带有对人生变化无常的感慨。又，吟唱五言古诗，可用此谱，一谱多唱，如用来唱李白《月下独酌四首·其一》等。吟唱者在进行艺术再创造时，要根据具体诗篇的情景而灵活变化，神而明之。

春夜喜雨

1 = G

5 1 1 | 2 3̇0 | 3 3 2̂ 2 1 | 1 - | 3 1 | 3 5 50 | 5 4 35 | 2 1̂ 1 | 1 - | 5 1 1 |
好雨知时节，当春乃发生。　随风潜入夜，润物细 无声。　野径云

2 0 3̇0 | 3 - | 1 - | 35 2̇0 | 3 - | 5 1 1 | 1 12 | 3̇0 5 | 4̇0 35 | 2 1̂ 1 | 1 - |
俱黑，江　船　火独明。晓看 红湿处,花重锦 官城。

1 4 4 | 5̇0 6̇0 | 6 - | 5 - | 5 4 3̂0 2 | 3 - | 5 1 1 | 1 12 | 3̇0 5 | 5 5̇0 |
野径云俱 黑,江　船　火独 明。晓看 红湿处,花 重

5 4 3 2 | 1 - | （渐慢） 5 - | 5̇ 0 5 4 | 3 2 1 | 1 - ‖
锦 官 城。　花　重锦 官 城。

春夜喜雨
（杜　甫）

按 /

久旱逢甘霖，春雨贵如油。诗人与平民百姓心意相通，共鸣互应。写此诗的心情自然与写《客至》时有所不同。"晓看红湿处，花重锦官城"一句，"看"应读平声，红花垂雨珠，把"锦官城"成都打扮得分外妖娆，令人喜不自胜。后半篇"野径云俱黑……花重锦官城"，旋律则提高四度转调上行，将诗人内心的喜悦之情展露无遗。

悯 农

王更生 吟谱
蒋 凡 改编
潘志芸 校译

1=F 2/4
慢速，沉重节奏

（领）锄禾日当午（啊），（合）嗨嗨日当午啊。

（领）汗滴禾下土（啊），（合）嗨嗨汗滴禾下土啊。

（领）谁知盘中餐（啊），（合）嗨嗨盘中餐啊。

（领）粒粒皆辛苦（啊），（合）粒粒皆辛苦啊。

悯 农
(李 绅)

按 /

吟唱此曲时如有领唱与合唱,再融合劳动号子的音调,则会一呼百应。此曲展现了农民辛勤劳动的场面,听者尊重劳动、爱惜粮食的心情自是油然而生,其感人的艺术效果不言而喻。

长恨歌（节录）

1=G 2/4

6 6 2 2♭0 | 3 2 1 2 | 3 0 0 | 3 1 2 2 | 3·2 1♭0 |
汉 皇 重 色 思 倾 国， 御 宇 多 年 求 不 得。

3 5 3 3 2 | 1 2 3 | 6·1 2 2 | 3 2 1♭0 |
杨 家 有 女 初 长 成， 养 在 深 闺 人 未 识。

6 6 | 3 5♭0 5 3 | 2 0 3 1 | 2 2 0 | 3 2 1♭0 |
天 生 丽 质 难 自 弃， 一 朝 选 在 君 王 侧。

3 5 | 3 3 2 1 1 2 | 3 - | 6·1 2 2 | 3 2 1♭0 |
回 眸 一 笑 百 媚 生， 六 宫 粉 黛 无 颜 色。

6 6 2 2 | 3 2 1 2 | 3 0 3 1 | 2 2 | 3 2 1 |
春 寒 赐 浴 华 清 池， 温 泉 水 滑 洗 凝 脂。

3 5 3 3 2 | 1 1 2 3 0 | 6 1 2 2 | 3 2 | 1 - |
侍 儿 扶 起 娇 无 力， 始 是 新 承 恩 泽 时。

6 6 2 2 | 3 2 1 2 | 3 0 3 1 | 2 2 0 | 3 2 1 - |
云 鬓 花 颜 金 步 摇， 芙 蓉 帐 暖 度 春 宵。

3 5 | 3 3 2 | 1 1 2 3 | 6 1 2 | 2 3 2 1 - |
春 宵 苦 短 日 高 起， 从 此 君 王 不 早 朝。

6 6 2 2 | 3 2 1 2 3 | 3 1 2 2 | 3 2 1 0 |
承 欢 侍 宴 无 闲 暇， 春 从 春 游 夜 专 夜。

3 5 3 3 2 | 1 1 2 3 | 6 1 2 | 2 0 3 2 | 1 - |
后 宫 佳 丽 三 千 人， 三 千 宠 爱 在 一 身，

6 1 2 | 3 0 2 1 | 6 - ‖
三 千 宠 爱 在 一 身。

长恨歌（节录）

（白居易）

按 /

　　诗人白居易与元稹，以诗唱和，开元和体的新声。《长恨歌》即当时元和体新声的代表作。开篇八句，押入声韵，因此应注重体现入声字的鲜明特点。从"春寒赐浴华清池"至结尾，自然转为押平声韵，声调流丽欢快。此段绘声绘色地展现了杨贵妃得宠之娇媚，故吟唱时要注意意象、情绪的变化。此外，其他七言歌行古诗，亦可用此谱来歌唱。如白居易的《琵琶行》、张若虚的《春江花月夜》等，唱来自可抑扬顿挫，颇为动人。

钱塘湖春行

1=F 2/4 3/4

6 6· 3 50 | 6 0 3 6 | 5 - | 3 3 2 2· | 0 3 2 1 | 1 2· |
孤 山 寺 北 贾 亭　西，　水 面 初 平　云 脚　低。

5 2 0 5 3· | 2 2 0 3 0 | 3 2 1 1 | 2 2 1 | 6 2 1 | 3 0 2·1 | 1 - |
几 处 早 莺 争 暖 树，　　谁 家　新 燕 啄 春　泥。

3 5· 3 5 | 6 0 6 5 | 5 0 | 3 3 2 2· | 3 0 2 1 | 1 2· |
乱 花 渐 欲 迷 人　眼，　浅 草 才 能　没 马　蹄。

5 2 2 3· | 2· 2 3 0 | 3 2 1 1 | 2 2· | 6 2 1 | 3 0 2 3 2 1 | 1 - ‖
最 爱 湖 东 行 不 足，　　绿 杨　阴 里 白 沙　　堤。

钱塘湖春行
（白居易）

按 /

  此诗是诗人任杭州刺史时所作，音调轻快愉悦，风格清新明丽，可谓"声色俱佳"。"最爱湖东行不足"一句，"足"为入声字，入声特点是短促急收，音多下行。"绿杨阴里白沙堤"一句，"堤"为平声韵，音长，音调明亮而欢快。末两句的音调长短、高低变化，形成鲜明对比。诗人巧用声调，描绘了一幅生机盎然的江南春行图。当诗人任满离杭之时，又作了"未能抛得杭州去，一半勾留是此湖"（《春题湖上》）之句，可见杭州西湖之美，令其一生留恋，成为美好的人生回忆。

清 明

1=F 2/4

蒋 凡 吟谱
潘志芸 校译

(0 2 3·6 | 5 1̲2̲ | 6̲5̲ 3 | 0̲3̲ 2̲3̲ | 5·6̲ 3̲2̲ | 1 -)|

5 3̲5̲ | 3 5̲0̲ | 3̲2̲ 1̲2̲ | 2 - | 1· 1̲ | 2̲ 3̲ | 2·3̲ 2̲6̲ | 1 - |
清 明 时 节 雨 纷 纷, 路 上 行 人 欲 断 魂。

5 2 3̲5̲ | 1̲2̲ 3̲5̲ | 2 - | 6̲· 1̲ | 2̲ 3̲ 0 | 2·3̲ 2̲6̲ | 1 - |
借 问 酒 家 何 处 有? 牧 童 遥 指 杏 花 村。

5 3̲5̲ 6̲ 6̲· | 6̲1̲6̲5̲ 3̲ 3̲ 0̲2̲ | 3·6̲ 5̲ | 1̲·2̲ 6̲3̲6̲ | 5 - | 3̲0̲2̲3̲ 5̲6̲3̲2̲ | 1 - :||
借 问 酒 家 何 处 有? (有) 牧 童 遥 指 杏 花 村。

清 明
（杜　牧）

按 /

　　清明踏青，郊游遇雨，行人多神魂散乱，故前辈吟咏多低回之调。我对《清明》别有一解，路上遭雨，固然不爽，但当牧童指出前有杏花村酒家时，精神一振，希望在前，继续前行，可雨中饮酒赏花，何尝不是苦中有乐呢？经此一改，伤春低迷之态化为明朗俏丽之调，这是寄希望于未来的积极心态。

　　此曲巧用入声字，因闽南语的四声入声字清晰，大多保留了中古语音的特点，故若用闽南方言吟唱，则抑扬顿挫，宫商一片，煞是动听。今天的普通话已无入声，因此用普通话吟唱时只能模仿南方方言，近似地运用，无法求全责备。此外，《清明》中之"清明"是平声首起，《赤壁》中"折戟"之"戟"是入声起，吟唱时平起、仄起不同，音调应随之变化，而不能刻舟求剑，不加变化。

赤 壁
（据泉州地方调改编）

蒋　凡　吟谱
潘志芸　校译

1=F 2/4

6 6̇0 3̇5̇ | 5 - | 60 3̇5̇ | 5 - | 3 3̇3̇ 2 3 | 3̇0 2̇1̇ | 1 - ‖:
折戟　沉沙　　铁未销，　自　将磨洗认前　朝。

3 3· | 5̇0 5̇3̇ | 3 2 | ³²1 - | 1 3̇0 2 | 2̇ 2 - | 2 0 6̇ | 1̂ - :‖
东风　不与　周郎　便，　铜雀春深　　锁 二 乔。

102

赤　壁
（杜　牧）

按 /

　　杜牧《赤壁》的仄起之调异于《清明》之平起，首起即用入声字，很有特点。不同的诗吟唱时平起、仄起不同，音调应自然随之变化，而不能胶柱鼓瑟，不加变化。关键还在于感悟其中之神妙变化。吟唱时，"东风不与周郎便，铜雀春深锁二乔"中的"雀"为入声字，"春深"为平声韵，两者形成抑扬顿挫的音调对比。

马 嵬

1=D 2/4（小工调）

蒋 凡 谱曲

(0 6 1 2 | 5 2 3 3 | 3 3̄2̄1̄ 6̄.6̄ |) 3 5 0 | 6̄1̄5̄ 6̄ 6 | 6 0 1̄2̄ | 5̄4̄3̄5̄ 6 6 — |
　　　　　　　　　　　　　　　　　　　　　　海 外 徒 闻 　更 　九 　州，

3̄2̄ 3 5 | 2̄3̄1̄7̄ 6̄ 0 | 3 0 2 3̄1̄ | 2 — |
他 　生 　未 　卜 　　此 生 　休。

0 6 1 2 | 3̄5̄2̄1̄ 3 | 3.5̄ 2̄3̄1̄7̄ | 6̄ ∨6̄ 2̄3̄ 5̄6̄4̄ | 3 — | 1̇.7̄ 6̄1̄5̄ | 6 — |
空 闻 虎 　旅 传 宵 柝，无 复 鸡 人 　报 晓 　筹，

0 3 2̄3̄1̄7̄ | 6̄ 1 2 — | 6̄1̄5̄ 6̄ 2 2 | 2.3̄1̄7̄ 6̄ — | 6̄1̄5̄ 6̄ 1̇ 1̇ | 3̇ 2̇.3̇1̇7̇ |
报 晓 　　筹。　　此 日 六 军 同 驻 马，当 时 七 夕 笑 牵

6̇5̇ 6 — | 0 6 1 2 | 3.6̄ 5̄4̄ | 3 — | 2.3̄ 1̄7̄ | 6̄ — |
牛。　　如 何 四 　　纪 　为 天 子，

6̄1̄5̄ 6̄ 1̇ 1̇ | 3̇ 2̇3̇1̇2̇ | 3̇ — | 6̄.1̇ 5̄4̄3̄5̄ | 6 — | 2.3̄ 1̄7̄ | 6̄ 1 1 — ‖
不 及 卢 家 有 莫 愁，有 莫 　愁，有 莫 愁！

马 嵬
（李商隐）

按 /

  杨贵妃是古代四大美女之一，天生丽质、国色天香，但古人多谓红颜祸水，认为安史之乱罪在美色女人。就连诗圣杜甫也不能免俗，故其《北征》有"中自诛褒妲"之句，为唐玄宗辩护。李商隐则反之，认为安史之乱的责任应由唐玄宗承担，其批判的矛头极其锋利，揭露了君王的虚伪面目。在阶级森严的封建社会中，李商隐的胆识令人敬佩。此谱调性近于昆腔，末两句的高音部如唱不上，可用小嗓翻高唱出，真假音自然转换，则效果更好。

虞美人

散板

蒋　凡 谱曲
潘志芸 校译

(6 6 3 5 5 3 2 | 6 1 2 2 2 2 1 | 3 2 2 1 6 6 -)

6 5 6 5 0 6 5 6 0 6 5 3 3 - | 6 1 2 2 2 3 2 1 6 6 ·
春 花 秋 月 何 时 了， 往 事 知 多 少。

6 5 3 5 5 6 1 6 - 6 5 3 3 - | 6 1 0 2 2 2 1 3 0 2 2 2 1 6 6 -
小 楼 昨 夜 又 东 风， 故 国 不 堪 回 首 月 明 中。

6 6 3 0 5 0 5 3 2 0 | 6 1 2 2 2 0 3 2 1 1 -
雕 栏 玉 砌 应 犹 在， 只 是 朱 颜 改。

3 5 3 3 2 1 2 3 5 3 3 - | 6 1 2 2 2 1 3 2 2 - 2 1 6 6 -
问 君 能 有 几 多 愁， 恰 似 一 江 春 水 向 东 流。

6 6 3 5 5 3 2 0 | 3 1 2 2 2 1 3 2 2 3 2 1 6 6 - ‖
问 君 能 有 几 多 愁，恰 似 一 江 春 水 向 东 流。

虞美人

(李 煜)

按 /

　　李后主（李煜）可谓悲剧帝王、失败的政治家，但他却是才华横溢的文学家。无论是亡国降宋前欢快流丽、婉媚动人的前期词作，还是亡国后哀婉凄凉、含意深远的后期词作，无不本色当行，成为一代佳作。"问君能有几多愁，恰似一江春水向东流"一句，纯用白描，直抒胸臆，抒其家国之痛，情真意切而深沉感人，催人泪下。这首《虞美人》平仄交叉，间隔换韵，以声音艺术描绘心灵的震颤，从而引发共鸣，堪称千古绝唱。

浣溪纱

1=G 2/4

若有所感，淡淡的哀思

蒋 凡 谱曲
潘志芸 校译

(5̣ 12 | 3· 5̣ | 31 1 -) | 5̣0 10 | 12 3 | 3 - | 35 01 | 2 - |
　　　　　　　　　　　　　　　　　一曲　新词　　酒　一　杯，

3 23 | 5 30 | 10 02 | 3 - | 5̣0 1 | 1 - | 3 23 | 5̣ 3 | 2 1 | 1 - |
去年　天气　旧 亭台。夕　阳　西下　几　时 回?

3 1 | 5̣ 1 | 1 - | 3 1 | 5̣ 1 | 1̂ - | (2 3 | 2 1 | 1 -) |
几 时　回?　几 时　回?

3 55· | 6· 3 5 | 5 - | 6 - | 5̣0 5̣3 | 3 23 | 3 21 | 3̣0 2 | 21 3 | 3 - |
无可　奈 何　　花 落 去, 似曾　相 识　燕 归 来。

5̣· 1 | 12 | 3 10 | 5̣0 1 | 1 - | 3 0 | 1 5̣ | 1 1 | 1 - |
小　园 香径　独 徘 徊。　独　　徘　徊,

2 0 | 3 2 | 1 1 - | 3 0 | 1 5̣ | 1 1̂ - ‖
独　　徘　徊,　独　　徘　徊。

浣溪纱
(晏　殊)

按 /

　　晏殊是北宋政治家、文学家，少时即有神童之称。因其一生多在富贵和平的环境中生活，故词风清雅有致，不失其贵族身份，令人味之不尽。这首《浣溪纱》是其传世名篇之一。词中有对时光流逝的淡淡哀愁，却又不完全悲观失望。他在对"夕阳西下"叹息的同时，又企盼春燕来归的新生活，心绪复杂，引人深思。"无可奈何花落去，似曾相识燕归来"为千古名联，虚实相生，对仗工巧，于流利婉转中又见深厚朴茂气息。此词中多有入声字，吟唱时可巧加运用以见其贤雅之态。

秋声赋

欧阳子方夜读书，闻有声自西南来者，悚然而听之，曰："异哉！"初淅沥以萧飒，忽奔腾而砰湃，如波涛夜惊，风雨骤至。其触于物也，鏦鏦铮铮，金铁皆鸣；又如赴敌之兵，衔枚疾走，不闻号令，但闻人马之行声。余谓童子："此何声也？汝出视之。"童子曰："星月皎洁，明河在天，四无人声，声在树间。"

余曰："噫嘻悲哉！此秋声也，胡为而来哉？盖夫秋之为状也：其色惨淡，烟霏云敛；其容清明，天高日晶；其气栗冽，砭人肌骨；其意萧条，山川寂寥。故其为声也，凄凄切切，呼号愤发。丰草绿缛而争茂，佳木葱茏而可悦。草拂之而色变，木遭之而叶脱。其所以摧败零落者，乃其一气之余烈。夫秋，刑官也，于时为阴；又兵象也，于行用金。是谓天地之义气，常以肃杀而为心。天之于物，春生秋实，故其在乐也，商声主西方之音，夷则为七月之律。商，伤也，物既老而悲伤；夷，戮也，物过盛而当杀。

"嗟乎！草木无情，有时飘零。人为动物，惟物之灵，百忧感其心，万事劳其形；有动于中，必摇其精。而况思其力之所不及，忧其智之所不能；宜其渥然丹者为槁木，黟然黑者为星星。奈何以非金石之质，欲与草木而争荣？念谁为之戕贼，亦何恨乎秋声！"

童子莫对，垂头而睡。但闻四壁虫声唧唧，如助余之叹息。

秋声赋

(欧阳修)

按 /

  此文写于宋仁宗嘉祐四年（1059），作者是北宋文坛领袖、时任翰林学士的欧阳修。赋原是一种文体，介于诗和散文之间。汉之大赋，风貌单一且固定，注重骈偶铺排。欧阳修突破赋体的限制，化骈入散，以散文为主，又杂以骈偶韵语，音调铿锵，形成了新的文赋风格。此文描绘秋色秋景，声调忽高忽低，忽轻忽重，忽疏忽密，仿佛在秋色秋声中透露了对生命的追求与忧思。由此可见，文虽写景，但重在表现人的内在心绪与哲理思考。作者内心世界的波动跌宕，成为文章的内在节律。音与心自然融合而为一，这是吟诵者应该把握的。

前赤壁赋

壬戌之秋，七月既望，苏子与客泛舟游于赤壁之下。清风徐来，水波不兴。举酒属客，诵明月之诗，歌窈窕之章。少焉，月出于东山之上，徘徊于斗牛之间。白露横江，水光接天。纵一苇之所如，凌万顷之茫然。浩浩乎如冯虚御风，而不知其所止；飘飘乎如遗世独立，羽化而登仙。

于是饮酒乐甚，扣舷而歌之。歌曰："桂棹兮兰桨，击空明兮溯流光。渺渺兮予怀，望美人兮天一方。"客有吹洞箫者，倚歌而和之。其声呜呜然，如怨如慕，如泣如诉，余音袅袅，不绝如缕。舞幽壑之潜蛟，泣孤舟之嫠妇。

苏子愀然，正襟危坐而问客曰："何为其然也？"客曰："'月明星稀，乌鹊南飞。'此非曹孟德之诗乎？西望夏口，东望武昌，山川相缪，郁乎苍苍，此非孟德之困于周郎者乎？方其破荆州，下江陵，顺流而东也，舳舻千里，旌旗蔽空，酾酒临江，横槊赋诗，固一世之雄也，而今安在哉？况吾与子渔樵于江渚之上，侣鱼虾而友麋鹿，驾一叶之扁舟，举匏樽以相属。寄蜉蝣于天地，渺沧海之一粟。哀吾生之须臾，羡长江之无穷。挟飞仙以遨游，抱明月而长终。知不可乎骤得，托遗响于悲风。"

苏子曰："客亦知夫水与月乎？逝者如斯，而未尝往也；盈虚者如彼，而卒莫消长也。盖将自其变者而观之，则天地曾不能以一瞬；自其不变者而观之，则物与我皆无尽也，而又何羡乎！且夫天地之间，物各有主，苟非吾之所有，虽一毫而莫取。惟江上之清风，与山间之明月，耳得之而为声，目遇之而成色，取之无禁，用之不竭，是造物者之无尽藏也，而吾与子之所共适。"

客喜而笑，洗盏更酌。肴核既尽，杯盘狼籍。相与枕藉乎舟中，不知东方之既白。

前赤壁赋

（苏　轼）

按 /

苏轼是千百年难得一遇的天纵英才，北宋著名文学家、书法家、画家，他不仅诗词歌赋、古文骈文俱佳，在书法与绘画领域也为一代宗师。在宋代文赋中，其《前赤壁赋》《后赤壁赋》堪称经典之作。《前赤壁赋》作于宋神宗元丰五年（1082），此时作者被贬黄州。此赋中，却不见他被贬中受压迫的哀叹气息。作者高瞻远瞩，思虑深邃，洞察世间浮沉，体悟人生甘苦，并能摆脱物累，超越世俗，以达高洁境界。其旷达豪放中可见真性情，非一般人所能企及。"苟非吾之所有，虽一毫而莫取"，唯江上清风、山间明月，取之无禁，用之不竭。作者自认为是富足而自得其乐的人。他在诗中曾说："清风初号地籁，明月自写天容。贫家何以娱客？但知抹月批风。"（《和何长官六言次韵》）于贫贱之中，体悟自然之美而骄人，其气盛言宜，令人叹服。作者本人对《前赤壁赋》《后赤壁赋》非常重视。《曲洧旧闻》记，在被贬海南儋州时，"东坡与客论食次，取纸一幅，书以示客云……少焉，解衣仰卧，使人诵东坡先生《赤壁前、后赋》，亦足以一笑也……"（朱弁《曲洧旧闻》）。其心胸、视野、气势何如哉！佩服佩服！

记承天寺夜游

　　元丰六年十月十二日夜,解衣欲睡,月色入户,欣然起行。念无与为乐者,遂至承天寺寻张怀民。怀民亦未寝,相与步于中庭。庭下如积水空明,水中藻、荇交横,盖竹柏影也。何夜无月?何处无竹柏?但少闲人如吾两人者耳。

记承天寺夜游

(苏 轼)

按 /

《记承天寺夜游》记作者与友人夜间缓行承天寺,两人在不经意中有赏心悦目的新发现。在词人被贬的失意生涯中,却另有闲适的人生洞天。本篇以小见大,无心笔墨中自见精巧之思。

书临皋亭

东坡居士酒醉饭饱,倚于几上。白云左绕,清江右洄,重门洞开,林峦坌入。当是时,若有思而无所思,以受万物之备。惭愧!惭愧!

书临皋亭

（苏 轼）

按/

  中国古代小品文的创作发展到宋代，诸多文人，尤其是苏轼的小品文，内容丰富，形式多样，舒卷自如，可谓前无古人。"白云左绕，清江右迴"，在自然美景中享受人生。"重门洞开，林峦岔入"，心怀坦荡，一切无不可示人，朝廷中"监察者"之所窥伺落空，又奈我何！本文虽简而境界高，表现了作者虽经历磨难但顽强不屈，自得其乐，其豁达的人生态度令人叹服而心向往之。

和子由渑池怀旧

散板

蒋　凡　吟谱

‖: 3 5· 6 0 5 0 6 3 5̂3 | 3 3 2 2· 3 0 2 1 1 — |
　　人 生 到 处 知 何 似， 应 似 飞 鸿 踏 雪 泥。

5̂ 3 0 2 5 — 3 2 0 3̂1 | 2 2 1 6 1 0 5̂3 0 2 1 1 — |
泥 上 偶 然 留 指 爪， 鸿 飞 那 复 计 东 西。

3 5· 6 0 5̂3 3 2 32̲1̂0 | 2 2 1 6 2 1 2 2 0 3 2·1 1 — |
老 僧 已 死 成 新 塔， 坏 壁 无 由　　见 旧 题。

5 5̂3 0 2 3 — 2 2 0 3 2 1· | 2 2 1 6 2 1 0 3 0 2 1 1 — |
往 日 崎 岖 还 记 否， 路 长 人 困 蹇 驴 嘶。

2 2 1 6 2 1 2 3 6 3 5 3 2 32̲1 — :‖
路 长 人 困 蹇 驴　　　 嘶。

和子由渑池怀旧

（苏 轼）

按/

诗作于嘉祐六年（1061），此时诗人踏上仕途不久，不过是个二十多岁的青年，却能发出"雪泥鸿爪"这样亦庄亦禅的人生哲学，实属难得。当时，他与弟弟苏辙（字子由）同登制科。苏辙在王安石变法时，反对新法，出为河南推官，屡遭贬谪。苏辙有骨气，干脆辞官养父。这就引发了苏东坡的慨叹：官场如战场，怎能摆脱政治的桎梏呢？时间流逝，环境多变，诗人追问：雪泥鸿爪，不计东西，不自我超越又将如何呢？"往日崎岖还记否"，兄弟亲情却是无法忘怀的。吟唱声中，既要体现如亲情关怀般的温馨声息，更要尽量展现诗人不畏困难的坚强意志，以见其铮铮傲骨和深刻哲思。

饮湖上初晴后雨

1=G 2/4

蒋 凡 吟谱

$\widehat{3\ 6}\ \widehat{5}\ |\ 6\ 0\ 5\ 0\ |\ 6\ \widehat{6\ 3}\ |\ 5\ 0\ 3\ |\ 3\ 0\ |\ 2\ 2\ |\ 3\ 0\ \widehat{2\ 1}\ |\ 1\ -\ |$
水 光 潋 滟 晴 方 好, 山 色 空 蒙 雨 亦 奇。

$\|:5\ 0\ 2\ 0\ |\ \widehat{3\ 2}\ 5\ |\ 3\ 0\ 2\ |\ 3\ 0\ \overset{3}{\widehat{3\ 2\ 1}}\ |\ 2\ \widehat{2\ 1}\ |\ \widehat{6\ 2}\ 1\ 0\ |\ 3\ \widehat{2\ 1}\ |\ 1\ -\ :\|$
欲 把 西 湖 比 西 子, 淡 妆 浓 抹 总 相 宜。

饮湖上初晴后雨
(苏 轼)

按 /

　　该诗作于诗人任杭州通判的熙宁六年（1073）。由此诗可见，诗人对大自然良辰美景的体悟与捕捉能力非一般人可及。诗人原拟于阳光灿烂时观赏西湖美景，但天不作美，刹那间"山色空蒙"。烟雨霏霏之下，世俗游客可能因此却步。但东坡不做此想，晴天的西湖风景固佳，烟雨中的西湖却另有一番胜景，故把西湖比拟为绝色美女西施，"淡妆浓抹总相宜"，晴、雨各有胜处，不分轩轾。生活总是千变万化，遇事何须惊慌失措！只要能转换思维与视角，自会有新美景、新发现、新思绪。又，我吟此谱，为平起的绝句。此后平起绝句，可参照此调吟唱。

六月二十七日望湖楼醉书

1=D 2/4

蒋　凡　吟谱

6 0 5 | 3 6 5 0 | 6 0 6 3 | 5 - | 3 0 3 0 | 2 2· | 0 3 2 1 | 1 2· |
黑　云　翻　墨　未　遮　山，白　雨　跳　珠　乱　入　船。

5 0 ⁵2 0 | 3 2 5 | 2 0 2 | 3 0 3 2 1 | 2 2 1 | 6 2 1 0 | 3 2 1 | 1 - |
卷　地　风　来　忽　吹　散，　望　湖　楼　下　水　如　天。

5 0 ⁵2 | 3 2 5 | 2 0 2 | 3 0 3 2 1 | 2 2 1 | 6 2 1 0 | 3 6 3 5 3 2 | ³²1 - |
卷　地　风　来　忽　吹　散，　望　湖　楼　下　水　如　　天。

六月二十七日望湖楼醉书

(苏　轼)

按 /

此诗亦作于诗人任杭州通判时。大自然瞬息万变，顷刻间形成各色美景。"黑云翻墨"，形容黑云如打翻了的墨汁般浓重，一下子又化为"白雨跳珠乱入船"这等声色俱佳的美景。但一阵卷地大风忽然吹来，又瞬间把云雨吹散，终于呈现出"望湖楼下水如天"的绝佳美景，这是大自然给人的恩惠。在这里，诗人与自然合而为一，其审美体悟，正来自诗人思想、感情的通达。

题西林壁

1=D 2/4

蒋 凡 吟谱

6 6· | 3 6 5 0 | 6 0 3 6 | 5 - | 3 1 0 | 2 2· | 3 0 2 1 | 1 2· |

横 看 成 岭 侧 成 峰， 远 近 高 低 各 不 同。

3 2 ⁵3 0 | 5 3· | 2 2 0 | 3 0 ³3 2 1 | 2 2 1 | 6 2 1 0 | 3 0 2 1 | 1 - ‖

不 识 庐 山 真 面 目， 只 缘 身 在 此 山 中。

题西林壁

(苏 轼)

按 /

  元丰七年（1084），苏轼由黄州贬所改迁汝州，本诗是他途经庐山时所作。虽然是"戴罪"之身，他却感觉良好，内心并没有"负罪"之感，还写下了多首庐山记游诗。西林是庐山一寺名，因当时苏轼和庐山僧人常总禅师同游，故此诗颇富佛理禅味。人在庐山，并不一定就能真正认识庐山，因受身边环境所限，视野局促，所得只是一隅之景，而非全貌；只有不断地在运动中转换视角与思维方式，方有探索庐山全貌的可能。陈衍《宋诗精华录》评曰："此诗有新思想，似未经人道过。"信然。东坡诗虽短，却哲理精深，启悟世人，从而成为我国古代哲理诗的经典之作。吟咏此诗，要有超然物外的高雅，豁然开悟的喜悦，方能书声琅琅而感动听者，共享诗味隽永的哲思之美。

江城子·乙卯正月二十日夜记梦

1=F 2/4

蒋 凡 谱曲

5 5 3 | 1̇ 3 5 | 1̇ 6 3 5 | 5 3 - | 0 3 2 1 | 5 3 - | 5 3 6̇ 2 | 1 - |
十年　生死两茫　茫。　不思　量，　自难　忘。

3 3 2 | 3 5 3 | 3 2 1 6̇ 1 3 2 | 1 - | 6 5 6̇ 2 2 1 | 6 0 1 2 | 5 3 0 3 2 1 | 1 - |
千里　孤坟，无处　话凄　凉。纵使相逢　应不识，

0 3 6̇ 2 | 1 2 | 5 3 6̇ 2 | 1 - | 0 3 6̇ 2 | 1 2 | 1 6̇ 1 | 3 5 3 2 | 1 - |
尘满　面，鬓如　霜。　尘满　面，鬓　如　霜。

3 6̇ 2 | 1 2 5 3 | 0 3 2 6̇ | 1 - | 6̇ 2 1 2 | 3 0 3 2 6̇ 1 | 2 2 1 | 6̇ 2 1 | 3 2 1 |
夜来　幽梦忽还　乡。小轩　窗，正梳 妆。相顾　无言,惟有

6̇ 1 3 2 | 1 - | 6̇ 2 1 0 | 1 1 2 | 3 2 1 2 | 1 0 0 3 | 6̇ 2 1 0 | 1 2 3 2 | 3 0 3 6̇ 2 1 |
泪千　行。料得年年　肠断处，明月夜，短松　冈。明月夜，

1 6̇ 1 | 3 5 3 2 | 1 - ‖
短松　冈。

江城子·乙卯正月二十日夜记梦

（苏　轼）

按 /

　　此首词与《江城子·密州出猎》同调，吟谱自然相近。但两首词表现的感情大不相同，故应因其感情内容变化而有不同的吟唱表现。《江城子·密州出猎》写出了献身国家的爱国激情，故音调高昂洪亮，这首词则写了对亡妻王弗的深沉思念。感情不同，吟唱时岂可一成不变？"十年生死"之悲怆，以悲音嘶喊出无限之痛；"无处话凄凉"有明显颤音，尤增其哀。结尾并没有直白议论，而是营造了"明月夜，短松冈"的明净、悲凉意境，唱出了词人的无尽哀婉。人或谓东坡豪放而不能婉约，这种见解是错误的，这首《江城子·乙卯正月二十日夜记梦》就在豪放悲慨中又兼婉约深情之美。"不思量，自难忘"，句中之"量"与"忘"，其读音均有平、仄二声，在此应读平声押韵。

江城子·密州出猎

1=F 2/4

蒋 凡 谱曲

(3 6 5·) | 6 6 5 | 3 5 6 i | 5 - | 0 3 2 1 | 3 ⁵3 | 6 2 1 |
老夫聊发 少年 狂， 左牵黄，右擎苍，

3 3 2 | 3 5 3 3 2 1 | 6 1 3 2 | 3 - |
锦帽 貂裘， 千骑 卷平 冈。

1 1 2 | 3 ⁵3 | 3 2 1 | 6 1 2 3 5 3 2 | 3 2 1 | 1 - |
锦帽 貂裘，千骑 卷 平 冈。

6·2 1 | 2 2 1 | 3 1 2 | ⁵3 - | 3 6 2 | 1 0 | 1 2 3 2 | 3 - |
为 报倾城 随太守， 亲射虎， 看孙 郎。

(0 3 6·2 | 1 2 | 1 6 1 | 3 5 3 2 | 1 -)|

3 6 5 | 5 - | 6 6 5 | 3 5 6 i | 5 - | 3 2 1 | 3 |
酒酣 胸胆 尚开张， 鬓微霜，

⁵3 | 6 2 | 1 - | 1·2 1 2 | 2 - | 0 3 6 2 | 1 2 3 2 | 3 - |
又何 妨！持节云中， 何日 遣冯 唐？

1 2 1 2 | 2 - | 0 3 6 2 | 1 6 1 | 3 5 3 2 | ³²1 - |
持节云中， 何日 遣 冯 唐？

6 2 1 0 | 2 2 1 | 3 1 2 | ⁵3 0 0 | 3 6 2 | 1 0 | 1 2 3 2 | 3 - |
会挽雕弓 如满 月， 西北望， 射天 狼。

0 3 6·2 | 1 2 | 1 6 1 | 3 5 3 2 | ³²1 - ‖
西北望， 射 天 狼。

江城子·密州出猎

（苏 轼）

按 /

东坡《与鲜于子骏书》曰："近却颇作小词，虽无柳七郎风味，亦自是一家。呵呵。数日前，猎于郊外，所获颇多。作得一阕，令东州壮士抵掌顿足而歌之，吹笛击鼓以为节，颇壮观也。写呈取笑。"东坡此作突显其爱国激情与一往无前之气概，本篇为千古传诵的豪放词代表作之一。

八声甘州·寄参寥子

1=D 散板　　　　　　　　　　　　　　　　　　蒋　凡　谱曲

3 5 6 - | 6 5 ⌄6 5 6 6 - | 3 5 6 0 6·5 5 - |
有情风　　万里卷潮来，　无情送　潮　归。

5 0 6 6 6·5 5̇6 | 6 6 3·6 5 | 3·6 5 0 6 5 5 - |
问钱塘江　上，西兴浦　口，几　度斜　晖？

3 5 6 5 6·5 5 0 | 3 6 5 - 6 0 6·5 5 - |
不用思量今　古，俯仰　昔　人　非。

5 6 0 6 6 - 6̇5 3 | 3 6 5 0 6 ⌄5 5 - |
谁似东坡　老，白首　忘　机。

3 5 6 6 6 5 3 0 | 0 5 6 6 6 5 3 0 | 6 5 0 6 5 5 - |
记取西湖西畔，　正春山好处，空翠　烟　霏。

6 0 6 6 6 5 3 0 | 3 5 6 0 6 5 6 - |
算诗人相得，　如我与君稀。

6 0 6 5 - | 6 6 6 5 5 0 | 5 0 6 6 | 3 6 5 0 6 6 5 3 0 ³6 5 3 3 - |
约他年、东还海道，愿谢公、雅志莫相违。

6 6 ⁵3 0 | 6 5 0 6 5 5 0 | 3 5 6 5 5 - | 6 5 6 6 6 5 3 ³3 ‖
西州路，不应回首，为我沾衣，　为我沾衣!

八声甘州·寄参寥子

（苏　轼）

按 /

　　题下有注："时在巽亭。"巽亭在杭州东南，在巽亭可观钱塘江潮。参寥子即诗僧道潜，东坡挚友。钱塘江潮之来去，若有情又似无情。词一开头既融情于景，又升华思想，即其《书临皋亭》所称"当是时，若有思而无所思"也。词最后借东晋谢安与羊昙两人之间的"西州路"典故，描述了东坡与"无情佛学有情僧"参寥子之间的深厚生死情谊，极其动人，旷达中有苍凉之气。本篇词谱只用3、5、6三个音符便组合变化出一首优美动听的乐曲，作者此举的目的是让人们易学易唱，以便词谱的推广普及。这也是一种新的艺术尝试。

卜算子·缺月挂疏桐

1=F 2/4

蒋 凡 谱曲

1 1ᵛ 2 | 5̲2̲ 3 | 1·3 2̲3̲1̲7̲ | 6̣ - | 5̲3̲5̲ 3̲6̲ | 2̲4̲3̲2̲ 1 | 1·6̣ 1̲2̲ | 3 - 6̣ | 1̲·2̲ |
缺月 挂 疏 桐，漏 断 人 初 静。谁见

5̲6̲4̲ 3̲ 3 - | 2̲3̲ 2̲3̲1̲ 2 - | 6̣ 6̣ 2 | 1̲·2̲ 7̲ | 6̣ - | (6̣ 6̣ 2 | 1̲2̲ 7̲ | 6̣ -) | 1 1 2 |
幽 人 独 往 来，缥缈 孤 鸿 影。 惊起

5̲ 2 3 | 1·3 2̲3̲1̲7̲ | 6̣ - | 6̣ 1̲·2̲ | 5̲2̲ 3 | 1·6̣ 1̲2̲ | 3 - | 6̣ 6̣ 2 | 1̲2̲ 7̲ | 6̣ - |
却回头，有恨无人 省。拣尽 寒 枝 不 肯 栖，寂寞 沙 洲冷。

0 3 5̲6̲ | 1̲2̲ 7 | ⁶⁵6 - ‖
寂寞 沙 洲 冷。

卜算子·缺月挂疏桐

(苏 轼)

按 /

　　该词作于东坡被贬黄州时。经历了"乌台诗案"的惊涛骇浪，词人仍以比兴手法营造高旷意境，塑造了"孤鸿"与"幽人"合二而一的艺术形象，表现了自己永不屈服的人生态度。他不会放弃自己的志气理想，更不会苟全媚俗而违背自我，其高尚品格和独立精神世所罕及。吟唱时应把握音调变化，以准确传达出词人的内心情感。仄声中的入声字，一般不能作延长音。但是，若配合音乐旋律需要延长时，吟唱者则必须对其进行特殊处理，如上、下滑音，或在入声字后标休止符或换气记号"∨"，稍作停顿再自然延长。如开头的"月"字即是如此。

卜算子·咏梅

陆　游

驿外断桥边，寂寞开无主。已是黄昏独自愁，更著风和雨。
无意苦争春，一任群芳妒。零落成泥碾作尘，只有香如故。

　　宋词的词牌，常是用一个曲谱可唱不同词人的作品，条件是平仄四声谱须相同或相近。我创此谱，也可移唱陆游的《卜算子·咏梅》。

念奴娇·赤壁怀古

1=D 4/4 曲笛伴奏

蒋 凡 谱曲

(6̣ 12 54 3 | 0 35 6 i 2 7 | 6 - - -) | 3 56 i 2 70 | 6 - - - | 3 56 54 3 |
　　　　　　　　　　　　　　　　　　　　　　　 大江 东 去，　　浪淘 尽，

2 123 32 | 3 564 30 03 | 231 2 - - | 6̣ 12 323 | 32 12 3 - |
千古 风流 人　物。　　　故垒 西 边, 人道 是, 三

5/4 i 0 2 2 | 1 61 5 60 | 4/4 6̣ 12 323 | 6 12 564 30 | 03 56 i 2 7 |
国 周郎 赤 壁。乱石 穿空, 惊涛 拍 岸, 卷起 千 堆

6 - - - | 3 56 54 30 | 1 1 23 650 | 2· 3 1 7 | 6̣ (1 1 23 65 |
雪。 江山 如画, 一时 多少 豪 杰。

2·3 12 7 6̣ -) | 1 1 23 23 | 2·3 1 7 6̣ - | 03 56 54 30 | 2 12 32 30 |
　　　　　　　遥想 公瑾当 年,　小乔 初嫁了, 雄姿 英 发。

1 12 32 3 | 06 12 3·6 54 | 3 - - - | 2 2 1 61 5 60 | 6·i 3 65 6 i 7 |
羽扇 纶 巾,谈笑间,樯　 橹　 灰飞 烟 灭。故 国 神

6 - - - | 1 1 23 654 | 3 - - - | 2 23 12 7 60 | 6 - - - | 6̣ 12 54 30 |
游,　多情 应笑 我, 早生 华 发。　　　　人生 如梦,

03 56 i·2 7 | 6·i 54 30 06 | 54 35 i·6 - ||
一 尊 还 酹江 月。　江　　 月。

念奴娇·赤壁怀古

(苏 轼)

按 /

宋俞文豹《吹剑续录》曰:"东坡在玉堂日,有幕士善讴,因问:'我词比柳词何如?'对曰:'柳郎中词,只好十七八女孩儿执红牙拍板,唱"杨柳岸晓风残月";学士词,须关西大汉执铁板,唱"大江东去"。'公为之绝倒。"此词为苏轼豪放词的代表作之一。词人经"乌台诗案"后,贬谪相继,年近半百,早生华发而功业无常,奈何,奈何!吟唱此词,在旷达豪放中有一丝无奈悲慨。

蝶恋花·春景

1=F 散板

蒋　凡 曲
潘志芸 校订

花褪残红　青杏小。

燕子飞时，绿水人家绕。　　　枝上

柳　绵吹又少，　天涯何　处无芳　草。

　　　　　　　　　墙里秋千　墙外 道。

墙外 行人，墙里 佳人笑。笑渐不闻　声渐 悄，

多　情　　　却　被　无　情 恼。

无　情 恼，无　情　恼。

蝶恋花·春景
（苏　轼）

按 /

据有关资料记载，此词作于东坡被贬岭南惠州时期，其妾王朝云随行，她每唱"枝上柳绵""天涯芳草"便哽咽声断，泪下沾襟，不久病故。东坡从此不歌此词以纪念朝云。词以比兴手法，既写爱情，又写政治。词无达诂，内容丰富，可以多方理解。吟唱时可注意几点：一是注意平仄抑扬；二是"绿水人家绕"之"绕"，一连用四个旋律下行的三连音加以形象表现；三是后一个"墙里"之"墙"，可用曲艺叫头，声音更俏，更有生活味。

沈园·其一

1=F 2/4

蒋 凡 吟谱

5 3/5 | 6 6· 6 - | 0 3 2 1 2 - | 3 1 2 2 - | 3 2 1 0 5/3 6 2 | 1 - |
城上 斜阳　　画角 哀，沈园　非复　旧池 台。

3 2 3 | 3 - | 5 5/3 0 | 3 2 | 3 0 3 2 1 | 6 2 1 0 | 2 2· 2 - | 3 0 2 1 | 1 2· |
伤心　　桥下 春波 绿，　　曾是 惊鸿　　照 影 来。

3 3· 3 - | 5 5/3 0 | 3 2 | 3 0 3 2 1 | 6 2 1 0 | 2 2· 2 - | 3 0 2 1 | 1 - ‖
伤心　　桥下 春波 绿，　　曾是 惊鸿　　照 影 来。

沈园·其一
（陆　游）

按 /

　　这是一首由白首老人所作的特殊爱情诗。诗写于南宋庆元五年（1199），时年诗人七十五岁，垂垂老矣。此时离他前妻唐琬（一作"唐婉"）去世已四十余年，所以《沈园·其二》说："梦断香消四十年，沈园柳老不吹绵。此身行作稽山土，犹吊遗踪一泫然。"诗人对爱情的坚贞不渝，催人泪下。诗人的一生，不仅仕途蹭蹬，而且婚姻爱情也遭挫折，饱受哀怨愁苦之痛。陆游与表妹唐琬，感情甚笃，青梅竹马而琴瑟和谐。但是，因为陆母无端指责唐琬，所以两人只能在封建礼教的棒打之下，鸳鸯两散，甜蜜婚姻转眼成为空幻。唐琬改嫁后不久即抑郁而逝。时间虽已过去四十余年，但诗人心中的伤痛仍旧难以愈合。陆游对唐琬的爱情经得起时间考验，重游沈园而题诗，即是见证，诗的基调哀婉低沉。爱情是一杯苦酒，诗人自是"冷暖自知"，并在诗中留下了沉重的叹息。陈衍《宋诗精华录》评曰："无此绝等伤心之事，亦无此绝等伤心之诗。就百年论，谁愿有此事？就千秋论，不可无此诗。"陆游的《沈园》，确是爱情诗的千古经典之作。

示 儿

1=F 2/4

蒋 凡 吟谱

3 6 5 0 | 3 6 5 5 - | 0 6 3 6 5 - | 3 2 3 3 - | 2 2 0 3 | 2 1 1 2 - |
死 去 元 知　　万 事 空，但 悲　　不 见 九 州 同。

1 2· 2 - | 5 3 1 0 | 2 2 2 - | 3 0 3 2 1 | 2 1 3 0 | 6 2 1 2 2 - | 3 0 2 6 | 1 - |
王 师　　北 定 中 原 日，　家 祭 无 忘　　告 乃 翁。

1 2· 2 - | 5 3 1 0 | 2 2 2 - | 3 0 3 2 1 | 3 2 3 0 | 6 2 1 2 | 3 6 3 5 3 2 | 3 2 1 1 ‖
王 师　　北 定 中 原 日，　家 祭 无 忘 告 乃　翁。

示 儿
（陆　游）

按 /

八十五岁的老诗人临终前聚毕生之力写下这首诗，作为遗嘱来教导子孙，成为千古经典之作，为其光辉的一生画下了圆满的句号。诗人至死以笔代刀枪，坚持与投降派作斗争，积极倡导抗敌复国。他满怀抗敌报国的决心，并将此信念传给后世子孙，鼓舞了无数热血青年，促使他们为理想而奋斗。"死去元知万事空"，"元""空"二字强劲有力，反衬出诗人"不见九州同"时不甘的心情。诗人希望子孙辈能继承民族优良传统，不屈不挠地战斗，直至最后胜利。这一爱国主义精神，永远激励着中华儿女向前、向前。吟唱者不可因诗人年老垂亡而音调消沉，而应该激扬志气，作悲壮颂歌来行吟高歌。

水调歌头·明月几时有

序：丙辰中秋，欢饮达旦，大醉，作此篇，兼怀子由。

民国旧谱

2/4

5 5 | 6 i 6 5 | 3 - | 5 6 i | 6 5 3 1 | 2 - |
明 月 几 时 有？ 把 酒 问 青 天。

5 2 | 3 3 | 2 3 2 1 | 6 - | 1· 3 | 2 1 6 1 | 5 - |
不 知 天 上 宫 阙， 今 夕 是 何 年。

5 5 6 | i i | 6 i 6 5 | 3 - | 5 5 6 | i i | 6 i 6 5 | 3 - |
我 欲 乘 风 归 去， 又 恐 琼 楼 玉 宇，

5 6 i | 6 5 3 2 | 2 - | 5· 2 | 3 - | 2 3 2 1 | 6 - | 1· 3 | 2 1 6 1 | 5 - |
高 处 不 胜 寒。起 舞 弄 清 影， 何 似 在 人 间。

5 6 5 | 3 - | i 6 5 | 3 - | 5 6 i | 6 5 3 1 | 2 - |
转 朱 阁， 低 绮 户， 照 无 眠。

5 5 | 2 | 3 3 | 2 3 2 1 | 6 - | 1· 3 | 2 1 6 1 | 5 - |
不 应 有 恨，何 事 长 向 别 时 圆？

5 5 6 | i i | 6 i 6 5 | 3 - | 5 5 6 | i i | 6 i 6 5 | 3 - | 5 6 i | 6 5 3 1 | 2 - |
人 有 悲 欢 离 合，月 有 阴 晴 圆 缺，此 事 古 难 全。

5· 2 | 3· 5 | 2 3 2 1 | 6 - | 1· 3 | 2 1 6 1 | 5 - |
但 愿 人 长 久， 千 里 共 婵 娟。

5· 2 | 3· 5 | 2 3 2 1 | 6 - | i· 3 | 2 1 6 i | 5 - ‖
但 愿 人 长 久， 千 里 共 婵 娟。

水调歌头·明月几时有

（苏 轼）

按 /

  这里选录三首前贤吟唱谱《水调歌头·明月几时有》，以作艺术对比，从中可悟吟唱诗词时各种变化的巧妙之美。各谱声韵风格虽异，但殊途同归，各具审美动人之处而不必偏废。

  这首词是宋神宗熙宁九年（1076），苏轼外放密州时所作。彼时朝廷内部新、旧党派相争，政治上备受压力的苏轼兄弟主动请求离开朝廷，企望以此远祸。词虽为怀念弟弟苏辙而作，表达的思想却远超于个人情感，升华为对经受离别之苦人们的美好祝愿。此词音调铿锵，跌宕起伏，给人以心灵震撼。词风豪迈清雄，具健朗之格，同时又兼有抒情蕴藉的飘逸韶秀之美，确是兼有抒情婉约与豪放洒脱的词中上乘佳作。千古中秋之词，当以此为绝唱。词中歌咏自然之明月，皎洁、纯净而透明，同时又处处关注切合社会现实和人生之所想所感，意韵深邃，境界高远。词人在现实中受人打压，于是梦想"乘风归去"，但天上宫阙一样是"高处不胜寒"，又将奈何？于是，词人只能重返人间，由"出世"而"入世"，由浪漫幻梦而降落现实人间，直面人生的坎坷与痛苦，追求自由而不拘礼俗所限，超越流俗而旷达豪放，这就是真实生活中的苏轼。面对人生的悲欢离合，只有正确面对，才能产生"千里共婵娟"的思想共鸣与心灵震颤。

  这首民国旧谱（惜忘作曲者名），旋律曲调简洁明快，真切地表达了词人的思想境界，淡淡的悲凉之中见其高洁的人格魅力。

水调歌头·明月几时有

1=D 4/4 5/4

张清华 昆曲谱

明月几时有？把酒问青天。不知天上宫阙，今夕是何年。我欲乘风归去，又恐琼楼玉宇，高处不胜寒。起舞弄清影，何似在人间。转朱阁，低绮户，照无眠。不应有恨，何事长向别时圆？人有悲欢离合，月有阴晴圆缺，此事古难全。但愿人长久，千里共婵娟。

水调歌头·明月几时有

(苏　轼)

按 /

  如果说民国旧谱版本的《水调歌头·明月几时有》是一种典型的中国"艺术歌曲"的创作,那本篇的曲谱则明显是戏剧化了的昆曲谱法。其伴奏以昆笛为主,声腔悠扬,旋律优美,演唱时应多注意抑扬顿挫中的气息控制。本篇曲谱的审美视角与上篇民国歌谱有所不同:民国歌谱皎洁明净,在淡淡的哀伤中见其超越世俗的旷达;本篇昆曲谱则着重写其哀伤悲痛之情,以展现抑扬顿挫之美。吟诵时歌唱者应注意,悲痛之中又绝非颓丧,这才合乎词人本心。

水调歌头·明月几时有

1＝D ♩＝104 散板

程 曦 吟唱谱

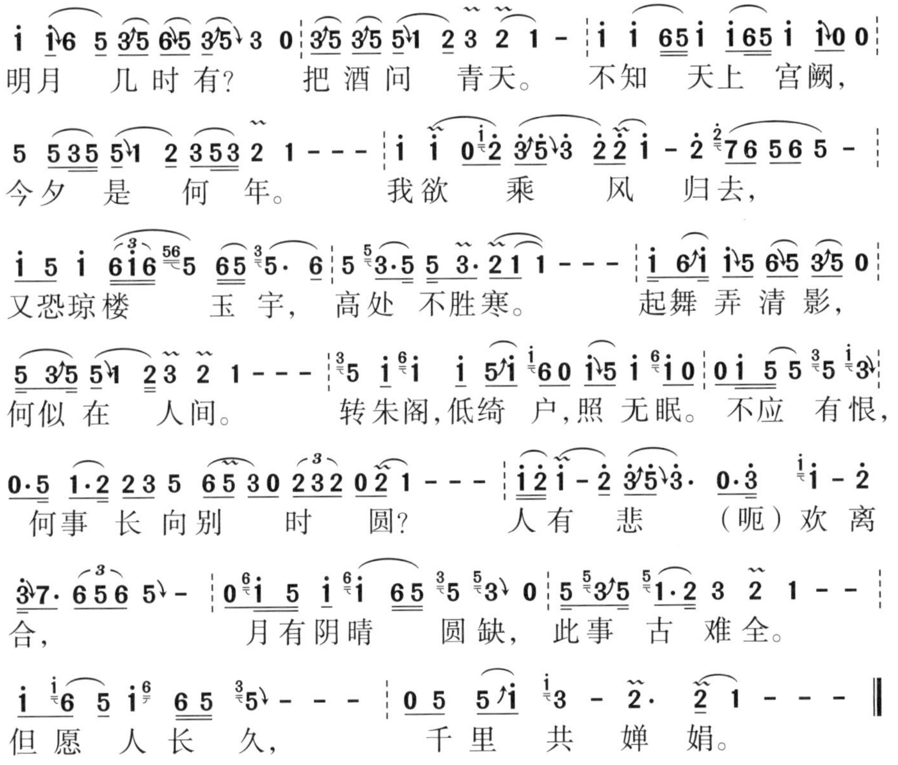

水调歌头·明月几时有

(苏 轼)

按 /

　　程曦为现当代优秀的古诗文演唱专家。他早年毕业于燕京大学，曾担任陈寅恪先生的助手，后任教于美国爱荷华大学。本篇说唱谱可能借鉴了北京地区京韵大鼓一类的曲艺说唱艺术，边说边唱，旋律曲调跌宕起伏，节奏力度及气息吞吐的控制也多有巧妙变化，倾诉了苏东坡那旷达豪放中的丝丝无奈，流露出浓郁的悲怆情调，催人泪下。本篇曲谱比之民国歌谱及昆曲谱，浓烈悲怆声调更进了一层。

　　三首同题词调，旋律节奏一浪更比一浪高，把伟大文学家的人生慨叹和对人文关怀的终极思考一步步推向了高潮。

暗 香

1=♭B 4/4

姜　夔　自度曲

6 | 3̇ 2̇ 1̇ 0 | 3 - 5 6 1̇ | 3̇ - - 2̇ | 1̇ - - 2̇ | 1̇ - 0 3 5 6 7 | 6 | 5· 6 4 - |
旧时月色，算　几番照我，梅边　吹笛？唤起玉人，不管　清

3 - 3· 4 | 3̇ - 0 6 5 | 5 3 2· 1̇ | 3̇ - - 1̇ | 3 - 7　6 | 5· 6 4 - | 3 - - 3 |
寒 与攀摘。何逊而今渐　老，都忘 却、春风　词　笔。但

5 6　1̇ 6 | 3̇ - 2̇ 0 | 3̇ - 5 - | 1̇ - - 2̇ | 1̇ - - 2̇ | 1̇ - 6 1̇ | 3̇ - 0 1̇ |
怪得、竹外疏花，香冷　入　瑶席。江国，正寂寂，　叹

2̇ - 3̇ 2̇ | 3· 0 5 - | 1̇ - - 2̇ | 1̇ - 0 3 5 6 1̇ | 6 | 5· 6 4 - | 3 - 3· 4 |
寄与路遥，夜雪　初积。翠尊易泣, 红萼　无　言耿相

3̇ - 0 6 5 | 5 3 2· 1̇ | 3̇ - 0 1̇ | 3 - 7　6 | 5· 6 4 - | 3 - 0 3 |
忆。长记曾携手　处，千树压、西湖　寒　碧。又

5 6　1̇ 6 | 3̇ - 2̇ - | 3· 2̇ 1̇ 6 5· 6 | 1̇ - - - ‖
片片、吹尽也，几　时　见　得？

暗 香
(姜 夔)

按/

古代宋词旧曲大多失传。现传《九宫大成南北词宫谱》《碎金词谱》《魏氏乐谱》等所载宋词曲谱，多由后世创作。但清初发现元陶宗仪手抄本《白石道人歌曲》，使得姜夔自度曲重见天日，这是宋音仅存的代表作，故弥足珍贵。白石的《暗香》融雅入俗，既具雅乐之典正雅丽，又兼俗乐之谐婉变化。也就是说，该词既避免庙堂雅乐之刻板，又拒绝俗乐之轻浮，是一首典型的反映文人风骨的优秀之作。

一剪梅·一片春愁待酒浇

小工调，1=D 2/4

《九宫大成南北词宫谱》古琴谱
乔东君 译谱

5 65 | 3 23 | 6·5 6 | 12 3 - | 1 165 | 3·2 1321 | 6 - |
一 片 春 愁 待 酒　　浇。 江 上 舟　　摇，

6·1 1321 | 3·5 6 - | 5 3　3 | 5·3 5 | 6·5 21 | 3 - |
楼 上 帘 招。 秋 娘 容 与　　泰 娘 娇。
（原作：秋娘 渡与泰娘桥。）

1 1 32 | 1 1 | 6· 1 | 1321 | 6·1 | 6 - |
风 又 飘 飘， 雨 又 萧　　萧。

1 1 1323 | 6·5 6 12 | 3 - | 6 16 | 1 6 2 | 2321 | 6·1 6 |
何日 银帆卸浦　　　桥？ 银字 笙调，心字 香 烧。
（原作：何日 归家洗客袍？）

3 - | 5·65 3·5 61 | 65 21 | 3 - | 6 16 | 1 6 6· 6 | 621 | 6 6 ||
流 光 容易把人抛。红了樱桃，绿了 芭蕉。

一剪梅·一片春愁待酒浇
（蒋 捷）

按 /

此曲谱为古琴曲，见《九宫大成南北词宫谱》卷四十八。音调旋律具江南流丽风格，谐婉感人。词上阕"秋娘容与泰娘娇"，原作为"秋娘渡与泰娘桥"，化地名、桥名为歌伎人名，这大概是古代歌者为吸引更多的听众而做的流行改动。下阕"何日银帆卸浦桥"，原作为"何日归家洗客袍"。原作直白抒情，但大约当时歌者认为银帆浦桥更美，故有此改动。又，此曲谱声调略见昆曲味道。据古人云，所记为明人吟谱。它与宋明南戏有何渊源关系，又与魏良辅改良昆曲孰先孰后，值得一探。

蜀 相

1=♭B 散板　　　　　　　　　　　　　　　　　　　　　赵元任 吟唱谱

2 323 32 1 23 1 - | 1 66 5 5 65 1· 6 65 5 3 -|
丞相 祠堂　何处寻？锦官　城外　柏森森。

5 5 6 1 1 3 1· 65 65 1· | 3 36 1 6 5 5 6 5 3 - |
映阶　碧草自春　色， 隔叶 黄鹂　空好音。

3 36 5 3 2 65 6 65 6· | 6 6 56 65 1· 16· 65 5 3 - | 6 6· 56 1
三顾 频烦 天下计，两朝 开济　老臣心。 出师　未

1 3 1· 65 65 1· | 1 5 3· 1 1 65· 65 6 5 32 3 - ‖
捷身先　死， 长使 英雄　泪　满襟。

蜀　相
（杜　甫）

按 /

赵元任先生出于官宦世家，其古典文学造诣及音乐修养令人叹服。他是现当代少有的语言、文学、艺术兼通的大家。他曾为刘半农诗《教我如何不想她》谱曲，该曲传唱全国，至今不息。他谱的《蜀相》抑扬亢坠，和谐优美，"出师未捷"句音调旋律催人泪下，非常感人。他用音乐塑造了一个高风亮节的蜀相形象。

杂说四

1=E $\frac{1}{4}$ $\frac{2}{4}$ $\frac{3}{4}$ $\frac{4}{4}$ ♩=72

自由节拍

赵元任 吟唱谱

3 #2 3　3 3♭0 | #1 ♭2 2 2♭1 1 2 | 2 2 2 1 2· | 3 5 5 5 1 2· |
世 有 伯 乐，然 后 有 千 里 马。千 里 马 常 有，而 伯 乐 不 常 有。

3 3 5 1 2· 2 | #1 2· 3 #4 3♭1 2 | 2 #1 2· 2 2 3 2 |
故 虽 有 名 马，祇 辱 于 奴 隶 人 之 手，骈 死 于 槽 枥 之 间，

3 3 3 5 1 2 1 | 0 2 1 6 2 2 | #2 3· #1 2 2♭1 1 2· |
不 以 千 里 称 也。马 之 千 里 者，一 食 或 尽 粟 一 石。

#1 2 2 3· 3 3 2 | 3 5 1 2 ♭1 | 6· 2 2 | 3 3 3 5 2 1 6 |
食 马 者 不 知 其 能 千 里 而 食 也。是 马 也，虽 有 千 里 之 能，

6 2 2 | 2 2 2 | #1 2 ♭3 3 2 2 | 3 2 2 2 5 | 5 3 1 2 0 |
食 不 饱，力 不 足，才 美 不 外 见，且 欲 与 常 马 等 不 可 得，

2 2 2 2 | 3 1 2 1 | 2 1 6 6 6· 2 2· | 0 2 2 2 2 2 ♩ 3 2 |
安 求 其 能 千 里 也？ 策 之 不 以 其 道， 食 之 不 能 尽 其 材，

2 2 2 2 2 2 ♩ 3 2 | 2 2 2 2 ♩ 3　2 | 5 5 3 #1 2 |
鸣 之 而 不 能 通 其 意，执 策 而 临 之，曰：" 天 下　无 马！"

0 ♭3 3· | 2 5 1 3 2· 0 | 3 3 5 1 1 6 1· |
呜 呼！ 其 真 无 马 邪？ 其 真 不 知 马 也！

杂说四

(韩　愈)

按 /

　　按照赵元任先生所说来吟诵古文之谱,我们自可寻觅吟诵古代散文的规律。这也就是赵先生所说"所谓吟诗吟文……就是拉起嗓子来把字句都唱出来,而不用说话时或读单字时的语调"(赵元任《新诗歌集》)。

哀江南赋序（节录）

1=♭B ♩=120 散板

程 曦 吟唱谱

粤以戊辰之年，建亥之月，大盗移国，金陵瓦解。余乃窜身荒谷，公私涂炭。华阳奔命，有去无归。中兴道销，穷于甲戌。三日哭于都亭，三年囚于别馆。天道周星，物极不反。傅燮之但悲身世，无处求生；袁安之每念王室，自然流涕。昔桓君山之志事，杜元凯之平生，并有著书，咸能自序。潘岳之文采，始述家风；陆机之辞赋，先陈世德。信年始二毛，即逢丧乱，藐是流离，至于暮齿。

哀江南赋序（节录）

（庾 信）

按 /

《哀江南赋》是庾信的代表作，是流传千年的经典辞赋，所选《哀江南赋序》为此赋的序之一。"哀江南"一语出自《楚辞·招魂》"魂兮归来哀江南"句，体现了作者作为梁朝士人，因国破家亡而被迫留于北方的无奈心情，寄寓其身世浮沉、家国兴亡的无尽悲哀。作者的心路历程感人至深，我们吟唱时应有所体味。

古代骈文亦可吟唱，于此可见一斑。程曦先生大概是汲取京韵鼓书之艺术精华以入唱，边说边唱，声韵高亢激越。此曲听来回肠荡气，令人震撼，足见"先声夺人"之美也。

归去来兮辞（节录）

1=G 2/4 3/4

《琴学丛书》谱
杨葆花 弹唱
王 迪 记谱

5· 6 2 | 2 - 3 5 | 2 1 | 1 1 | 5 1 | 1 - |
归　去　来　兮，　　田　园　将　芜　胡　不　归？

1· 2 5 6 | 5 6 5 5 - | 3 5 | 3·5 3 2 | 1 1 - | 6 1 | 6 1 6 5 5 - | 5 2 |
既 自 以 心 为 形 役，奚 惆 怅　而 独 悲？悟 已 往　之 不 谏，知 来

1 6 1 1 - | 5 6 1 6 5 5 - | 3 5 | 3·5 3 2 | 1 1 - | 5 - | 6 1 2 5 3 |
者 之 可 追。实 迷 途 其 未 远，觉 今 是　而 昨 非。舟　遥 遥 以 轻

2 - | 5 3 2 3 2 1 | 1 1 - ‖
飏，　　风 飘　飘 而 吹 衣。

归去来兮辞(节录)
(陶渊明)

按/

私以为中国古代辞赋的艺术地位处于诗词与散文之间,其语言的音乐性不可忽视。吟唱此曲选用的是典型的古琴谱,其上下八度跌宕起伏,旋律优美流畅,音调抑扬亢坠。整支曲谱既高雅又具风骨,五柳先生高尚的人格形象在吟唱中展现无遗。选唱此谱以证明辞赋亦可歌吟。

附　录

八音奏国乐　骏骥传新声

青岛八骏国乐室内乐团（简称"八骏乐团"），是以中国传统的"八音"，即金、石、土、革、丝、木、匏、竹为基本理念组建的国乐团，成立于2017年，是当今国内较为活跃的高水平民族室内乐团之一。团员是来自青岛高校民乐专业的青年教师，如笙演奏家、中国海洋大学艺术系的郭亮，笛子演奏家、青岛大学音乐学院客座教授公延伟，古筝演奏家、青岛大学音乐学院教师罗旻，琵琶演奏家、青岛科技大学艺术学院的王一平，二胡演奏家、中国海洋大学艺术系的王云飞，以及岛城音乐名家，如中阮演奏家高明璐、打击乐演奏家彭辉、古琴演奏家白雪、胡琴演奏家冯昱翔等。八骏乐团的各位演奏家均毕业于国内或国外的知名音乐院校，他们或师出名门，或出身于音乐世家，有着高超的国乐演奏技艺和精益求精的职业素养，音乐学养深厚。

近年来，八骏乐团进行了一系列保利院线的巡演，打造了"谛听——阳光走过大地""乐汇·版画""聆听国乐经典"等诸多音乐会项目。

青岛八骏国乐室内乐团

八骏乐团与著名国乐演奏家方锦龙在青岛八大关别墅、深圳音乐厅、常熟融媒体中心合作演出"龙吟盛世　骏跃华程""北方有佳音""诗意江南耀东方"专场音乐会；与著名马头琴演奏家齐·宝力高合作演出"大海连着草原"专场音乐会，好评如潮。八骏乐团在跨界合作领域，与文学家蒋凡先生合作吟诵《蒋凡吟谱》；与著名版画家张白波合作了"乐汇·版画"，成果丰硕。2021年岁末，八骏乐团受中央电视台《风华国乐》栏目组的邀请，登上了央视的舞台。

《史记·礼书》中有"耳乐钟磬，为之调谐八音以荡其心"之语。八骏乐团活跃在青岛乃至山东半岛，已成为一支有较大影响力和良好口碑的国乐团队，在弘扬传统国乐文化、传承中华民族精神方面做出了积极的贡献。

青岛塔岩传媒有限公司

青岛塔岩传媒有限公司（简称"塔岩公司"）是由著名音乐制作人赵晓凯创办的一家以音乐制作和音乐产业发展为主要业务的文化传媒有限公司，业务范围包括塔岩唱片（音乐录制、编曲配器、混音母带、平台宣发、拓展服务）、塔岩现场（演出策划、舞美设计、舞台搭建、设备调试）、塔岩教育（编曲培训、混音培训、乐器培训、教师资源、教学指导）、塔岩娱乐（艺人签约、版权代理、宣传包装、推广发行、明星合作）四大板块。塔岩公司致力于为歌手、乐手、音乐人、词曲作者、音乐家的个人音乐专辑制作与发行提供服务。塔岩公司拥有专业的制作团队、规范的工作流程以及多样化的业务种类，能够以行业领先的速度完成客户的需求。

塔岩公司以"音乐即生活"为发展理念，让音乐融入每个人的生活是塔岩人追求的发展方向。一直以来，塔岩公司致力于推动青岛音乐事业的发展，促进青岛原创音乐市场的繁荣，营造青岛"爱音乐、享音乐、参与音乐"的文化氛围。如今,塔岩公司已经成为青岛本土音乐行业的领军者。

在《蒋凡吟谱》的录制过程中,塔岩公司展现了专业的音乐制作水平、丰富的录制经验和积极的社会担当意识,为《蒋凡吟谱》的顺利制作完成提供了保障,也为中国古典诗词吟唱的传承与普及做出了应有的贡献。

后 记

蒋凡先生幼承家学，古典文学功底深厚，早年又师从朱东润、陈祥耀等古典文学研究大家，亲自聆听过大师的吟唱，深得古典诗词吟唱之意蕴。蒋先生在复旦大学数十年的古典文学教学生涯中，在古典诗词吟唱方面积累了丰富的实践经验。1999年至2002年期间，我师从蒋先生，攻读博士学位，蒙师教诲，终生受益！何其有幸！

2016年初夏，青岛市委在复旦大学举办干部培训班，我忝列其中。学习期间，我抽时间登门拜会蒋先生和师母，得知蒋先生在退休之后一直致力于古典诗词吟唱的普及，正在筹划撰写一部这方面的专著。我毕业之后虽没有从事古典文学方面的研究工作，但古典文学仍是个人最大的爱好，因此深感有必要为先生的古典诗词吟唱事业做些力所能及的事。

此后几年，蒋先生四处讲学，推广古典诗词吟唱。2019年4月，蒋先生专程来青岛，举办古典诗词吟唱专题讲座，大受欢迎。一些大中小学和研究机构纷纷慕名邀请蒋先生前往讲学，可见社会大众对于古典文化的慕求之深切，同时也印证了蒋先生在诗词吟唱方面的深厚功力。2020年10月，上海市举办"东方美谷·诗漫贤城"诗歌节，特别邀请蒋先生在开幕式上吟唱了苏轼的《水调歌头·明月几时有》。先生的吟唱优美动听、字正腔圆，赢得普遍赞誉。

2020年11月，在我的极力邀请下，蒋先生和师母不辞辛苦，不惧新冠肺炎疫情的威胁，以耄耋之龄前来青岛，进行了为期一个月的诗词吟唱录制。整个录制过程既快乐又紧张，并得到了青岛社会各界的帮助和支持。青岛八骏国乐室内乐团的笙演奏家郭亮、笛子演奏家公延伟、古筝演奏家罗旻、琵琶演奏家王一平、胡琴演奏家王云飞、中阮演奏家高明璐，以及岛城打击乐演奏家彭辉、古琴演奏家白雪、胡琴演奏家冯昱翔等名家直接参与了曲目录制，并给予了中肯的专业指导。我国著名军旅作曲家刘锡钢教授曾多次到现场进行指导，青岛塔岩传媒有限公司负责人、著名音乐制作人赵晓凯亲自指导录音。青岛出版集团及市总工会、市工人文化宫、半岛都市报等单位和媒体均给予了热情帮助。其间，蒋先生门下的学生、在山东及周边地区工作的温秀珍等师兄、师弟、师姐、师妹纷纷来青岛探班。大家相聚一堂，其乐融融。蒋门薪火相传，续写了复旦光华的青岛篇章。大家勠力同心，吟唱录制工作得以顺利进行，并达到专业化水平。在这个过程中，大家结下了深厚的友谊。正如师母所言，在新冠肺炎疫情中，是艺术、友情和人性的纯真、美善为我们创造了一方超凡的天地。

《蒋凡吟谱》是蒋先生多年来吟唱经验的总结。其出版发行是中国古典文化源远流长、生生不息的见证。

王春元

2021 年 9 月 1 日

说　明

本书《庄子·逍遥游（节录）》《秋声赋》《前赤壁赋》《记承天寺夜游》《书临皋亭》篇目的吟诵、吟唱部分，因历代版本可参考、借鉴的内容较少，故暂未放曲目。读者朋友们如感兴趣，可扫书封勒口处的二维码收听音频文件。